조선의 서정시인 퇴계 이황

우리가 몰랐던 퇴계의 남도여행

저자 정우락(jwl0412@knu.ac.kr)

경상북도 성주에서 태어나 경북대학교 인문대학 국어국문학과를 졸업하고 동대학원에서 문학박사학위를 받았다. 그동안 영산대학교 교수를 역임하였으며, 현재 경북대학교 국어국문학과 교수로 재직 중이다. 주로 한국문학사상에 대하여 공부하고 있으며 퇴계학과 남명학을 중심으로 한 영남학에도 많은 관심을 갖고 있다. 논저로는 『남명문학의 철학적 접근』, 『남명과 이야기』, 『남명과 퇴계 사이』, 『문화공간 팔공산과 대구―아버지산에 관한 추억』, 『남명학파의 문학적 상상력』, 『퇴계학과 남명학』(공저), 「퇴계 인식론의 문학적 반응과 상상력의 구조」, 「16세기 사림파 작가들의 사물관과 문학정신 연구」 등이 있다.

조선의 서정시인 퇴계 이황
우리가 몰랐던 퇴계의 남도여행

초판 인쇄 2009년 8월 12일
초판 발행 2009년 8월 20일

지 은 이 정우락
펴 낸 이 최종숙
펴 낸 곳 글누림출판사 / 서울 서초구 반포4동 577-25 문창빌딩 2층
전   화 02-3409-2055 FAX 02-3409-2059
이 메 일 nurim3888@hanmail.net
홈페이지 http://www.geulnurim.com
등   록 2005년 10월 5일 제303-2005-000038호

ⓒ 정우락 2009

정   가 12,000원

I S B N 978-89-6327-038-8 03810

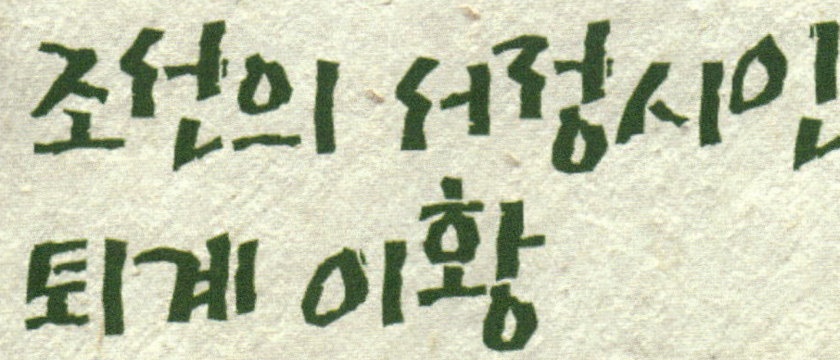

조선의 서정시인
퇴계 이황
우리가 몰랐던 퇴계의 남도여행

정 우 락

글누림

세간에 떠도는 퇴계와 관련된 하나의 우스개 소리가 있다. 저승에 가 보니 퇴계가 웅크리고 앉아 있는데 뼈에 구멍이 숭숭 나 있더라는 것이다. 그래서 어떤 사람이 "뼈에 구멍이 왜 그리 많이 나 있습니까?"라며 여쭈어 보았더니, 퇴계가 하토下土를 가리키며 이렇게 말씀하시더라는 것이다. "저 아래에 있는 것들이 나를 하도 삶아대서 이렇게 되었네." 여기서 말하는 '삶는다'는 것은 '이야기 하다' 혹은 '논하다'는 것을 의미한다. 퇴계에 대한 이런저런 글이 너무 많다는 것을 사람들은 이 같은 우스개 소리로 만들어 냈던 것이다.

내가 쓴 이 『조선의 서정시인 퇴계 이황』도 많은 퇴계 관련 글 가운데 하나다. 수천 편에 이르는 퇴계에 관한 글들이 이미 세상에 나와 있고, 연구사를 다룬 글도 이미 여러 편이 발표되었다. 사람들은 번역본, 연구서, 소설, 수필, 답사기 등 여러 장르의 글을 통해 퇴계에게 나아가고자 한다. 모두가 퇴계에게 가는 지남이 되기는 하지만, 오히려 혼란을 주는 것들도 있다. 또한 너무 많은 글 때문에 이미 논의했던 것을 이중 삼중으로 거듭 이야기하면서 제자리 맴돌기를 하기도 한다. 이것은 지면과 시간과 경비를 낭비하는 일에 다름 아니다.

얼핏 보아 퇴계와 남도는 생소하다. 여기서의 남도는 경남을 의미하는 바, 남명학단이 이 지역을 중심으로 굳건히 형성되어 있기 때문이다. 일찍이 성호星湖 이익李翼은 '중세 이후에는 퇴계가 소백산 밑에서 태어났고, 남명이 두류산 동쪽에서 태어났다. 모두 경상도의 땅인데, 북도에서는 인仁을 숭상하였고 남도에서는 의義를 앞세웠다. 유교의 감화와 기개를 숭상한 것이 넓은 바다와 높은 산과 같았다. 우리의 문명이 여기에서 절정에 달하였다.'라고 갈파한 적이 있다. 이 역시 경상도를 상하로 나누어 이해하려는 시각에서 비롯된 것이다.

그러나 퇴계는 경상우도, 즉 경남지역과도 깊은 인연이 있었다. 그의 처가가 의령 가례와 거창 영승에 있었다는 것을 감안할 때, 이 두 지역은 그의 인맥을 형성하는 중요한 거점이 되었던 것을 알게 된다. 이뿐만 아니라 종자형從姊兄 오언의吳彦毅는 함안에, 조효연曺孝淵은 창원에 살았다. 평소 친분이 두터웠던 권규權逵나 이원李源 역시 산청을 배경으로 활동하고 있었다. 이정李楨이나 오건吳健, 임운林芸 등의 주요 제자들 역시 경남지역의 인물이다. 이 같은 사정으로 퇴계는 전후 아홉 차례나 경남을 다녀갔다. 문헌에 밝혀지지 않은 것을 염두에 두면 그의 경남방문은 이보다 훨씬 많았을 것으로 추정된다.

이 책은 남도, 즉 경남을 중심으로 퇴계문학의 생성공간을 살핀 것이다. 퇴계의 초기시는 대부분 이 지역을 여행하면서 창작된 것이므로 퇴계시 연구자들은 특별히 주목할 필요가 있다. 지금 학계에선 이념을 지향하는 이취시理趣詩 일변도로 퇴계시를 보려는 경향이 있다. 이것은 물론 퇴계시 전체를 관통하는 중요한 시각이다. 그러나 퇴계의 초기시는 다르다. 뛰어난 시적 감수성과 깊은 서정이 어우러져 대시인 퇴계를 가장 잘 느끼게 하기 때문이다. 여기에는 주리적主理的 사유세계가 무차별적으로 침투하던 중년 이후의 시와는 다른 측면이 있다는 것이다. 이 책은 적어도 이것을 살피는데 일정한 도움이 될 것이다.

이 책은 3부로 나누어져 있다. 제1부에서는 퇴계와 경남이 어떤 인연으로 맺어져 있으며 그의 남도여행은 구체적으로 어떻게 이루어졌는가를 주로 다루었다. 제2부는 지역별로 나누어서 합천·의령·함안·마산·진주·사천·거창 등과 관련된 시문을 주로 다루고 남는 부분은 기타의 지역을 설정하여 다루었다. 제3부는 경남지역에 전해지는 설화 가운데 퇴계와 남명이 함께 등장하는 것을 중심으로 몇 가지를 살폈다. 경남지역 사람들은 남명을 거론할 때 흔히 퇴계와 병칭하는데 이것은 설화 공간에서도 충분히 확인된다.

그리고 부록에는 다산 정약용의 『도산사숙록陶山私淑錄』을 실어 다산의 퇴계 사랑을 알게 했다. 이 글은 다산이 천주교 신부 주문모周文謨

사건에 연루되어 우부승지右副承旨에서 금정찰방金井察訪으로 좌천되어 나갔을 때 지은 것으로 모두 33조로 구성되어 있다. 당시 그의 나이 33세였으니 자신의 나이를 인식했던 모양이다. 다산은『퇴계집』속의 편지를 읽으며 그 중에서 특히 긴요한 부분을 가려 뽑아 그 아래 자신의 설명을 덧붙이고 스스로를 경계하고자 했다. 여기서 우리는 다산의 위대한 스승 퇴계를 다시 만나게 된다.

이 조그마한 책을 쓰면서 나는 퇴계의 시혼詩魂을 자주 만났다. 특히 문학적 감수성이 잘 드러나 있는 서정시편은 심금을 울리기에 족하다. 지리한 장마가 계속되는 2009년의 여름은 이렇게 퇴계시를 읽는 재미로 지나간다. 나에게 이 책을 처음 쓰게 한 국제퇴계학회 대구경북지부와 출판을 권유한 글누림출판사 덕분이다. 구체적인 글을 쓰는데 있어서는 고 권오봉 교수의 자료와 경상대 허권수 교수의 논고가 많은 도움이 되었다. 또한 사진을 찍어서 보내주거나 현장 안내를 기꺼이 맡아주신 여러분, 교정을 봐준 손유진·최은주 문생은 이 책의 숨은 공로자다. 이 자리를 빌려 감사의 마음을 전한다.

퇴계의 시는 의령에 핀 봄꽃처럼 따스하며, 남강의 푸른 모래톱처럼 깨끗하다. 그리고 옛 법륜사의 서창을 두드리는 빗소리처럼 영롱하다. 이것은 냉혹한 세상에 가슴을 베인 자들을 치유하는 위대한 생명이다. 우리가 사는 오늘의 서정공간은 위태롭다. 나뭇잎이 햇살에 살을 부비며 마음껏 생명을 구가하던 산기슭은 아파트 단지가 되었고, 달빛이 밤마다 내려와 조개들과 이야기를 나누던 갯벌은 죽은 생

물들의 시체로 가득하다. 이 때문에 퇴계가 남도를 여행하면서 보았
던 곤양의 바닷가가 더욱 그립다. 퇴계는 그 바닷가를 보면서 아름다
움을 노래했다. 신선을 이야기 하면서 생명을 노래했다. 길이 끝나지
않을 듯한 노래를!

2009년 7월

복현굴伏賢窟에서 **정 우 락**

차례

1

퇴계의 시혼, 남도에서 피다

퇴계가 남쪽으로 간 까닭

퇴계退溪 이황李滉, 1501~1570의 생애는 크게 세 시기로 구분해서 이해할 수 있다. 수학기1~33세, 출사기34~49세, 강학기50~70세가 그것이다. 수학기는 숙부 송재松齋 이우1)李堣, 1469~1517에게 『논어論語』를 배우기도 하는 등 안동이나 영주와 같은 경상도 지역에서 착실히 학문을 연마한 시기이다. 출사기는 과거에 급제34세한 후 승문원2)권지부정자承文院權知副正字와 예문관검열3)藝文館檢閱로 임명된 후 풍기군수에서 물러나기까지 여러 벼슬을 거치던 시기이다. 그리고 강학기는 퇴계 서쪽에 한서암寒栖菴을 짓고 저술과 강학활동을 활발하게 전개하던 시기이다.

▲ 가례표석

▲ 천원권 지폐속의 퇴계

우리는 흔히 퇴계를 경북 일원에 머물다가 출사하면서 조정의 청요직을 두루 거치고, 만년에는 난진이퇴難進易退의 논리에 따라 나아가기를 아주 어렵게 여기고 잠시 나아갔다가 쉽게 돌아와 버린 것으로 이해한다. 즉 경남과의 관련성을 거의 염두에 두지 않는다는 것이다. 그도 그럴 것이 그의 출생지와 성장 공간뿐만 아니라 물러나 제자를 기르던 곳도 안동 주변이기 때문이다. 또한 월천月川 조목4)趙穆, 1524~1606과 학봉鶴峯 김성일5)金誠一, 1538~1593, 서애西厓 유성룡6)柳成龍, 1542~1607과 한강寒岡 정구7)鄭逑, 1543~1620 등 기라성 같은 제자들이 대부분 경북 출신이기 때문이다.

그러나 퇴계와 경남은 참으로 인연이 깊다. 이는 대체로 그의 혼맥과 결합되어 있다. 퇴계는 21세에 진사進士 허찬許瓚, 1481~1535의 따님에게 장가를 들었다. 허찬의 집이 바로 경남 의령군 가례면에 있었던 것이다. 허찬은 그의 아버지 허원보許元輔, 1455~?가 고성에서 의령으로 이사를 하면서 의령에 살게 되었다. 그러나 퇴계가 장가들 당시 허찬은 영주에 있었다. 장인 창계滄溪 문경동文敬仝, 1457~1521이 슬하에 딸만 둘 있고 아들이 없었으므로 맏사위인 허찬이 영주 초곡草谷에 있는 문경동의 집에 살게 되었고, 허씨 부인도 1501년 영주에서 태어났

▲ 퇴계의 글씨로 알려진
'가례동천' 석각 글씨

다. 퇴계가 초례를 올린 곳도 바로 영주였다.

　허찬이 의령으로 돌아온 것은 만년으로 보인다. 그의 장인 문경동은 문과에 급제하여 성균관成均館 사성8)司成을 지냈는데, 퇴계의 숙부인 송재 이우와 같은 시기에 벼슬을 하였다. 아마도 이 시기 이 둘은 친분이 두터웠을 것으로 보인다. 퇴계를 외손서로 맞이한 것도 문경동과 이우의 친분관계에서 이루어진 것이 아닌가 한다. 장인 허찬이 의령에서 세상을 뜨고, 처남과 처질들이 줄곧 의령에 살게 되면서 퇴계는 여러 차례 처가를 오가게 된다. 퇴계는 장인 허찬이 세상을 뜨자 그의 묘갈명을 짓기도 하였다. 현재 그 후손들은 의령일대에 흩어져 있으며, 가례마을에 있는 '가례동천嘉禮洞天'이라는 글씨를 퇴계가 직접 썼다고 사람들은 전한다.

　퇴계의 둘째 부인도 경남과 관련이 있다. 초취 부인인 허씨는 결혼

▲ 가례동천 유래비

5년만에 세상을 떠난다. 둘째 아들 채寀를 낳은 후유증이라 전한다. 퇴계는 3년 뒤인 1530년 안동군安東郡 풍천면豊川面 가곡리佳谷里에 사는 권질權礩, 1483~1545의 따님에게 다시 장가를 든다. 권질은 기묘사화9)己卯士禍에 연루되어 거제와 예안 등에서 오랫동안 유배생활을 했다. 유배에서 풀려나 고향으로 돌아가지 않고 처가인 지금의 거창군居昌郡 마리면馬利面 영승리迎勝里에 살게 된다. 권질의 따님은 사화에 연루되어 일문이 풍비박산되자 정신이 혼미하게 되었고, 퇴계는 장인의 간곡한 권유로 그 따님을 아내로 맞아 부부의 의를 다하였던 것이다.

▲ 청량산과 청량사

　숙부 송재 이우의 사위인 오언의[吳彦毅, 1494~1566]와 조효연[曺孝淵, 1486~1530] 역시 경남에서 살았다. 숙부의 사위이니 퇴계에겐 모두 종자형[從姉兄]이 되는 셈이다. 오언의는 고창인[高敞人]으로 아버지 오석복[吳碩福, 1455~1533]이 의령현감을 지내고 나이가 많았던 관계로 인근 고을인 지금의 함안군 산인면 모곡[茅谷]에 정착하게 되었다. 오언의는 문과에 급제하여 전의현감을 지내기도 했다. 그의 손자 죽유[竹牖] 오운[10][吳澐, 1540~1617]은 18세때 퇴계의 맏처남 허사렴[許士廉]의 딸에게 장가들

▲ 의령의 **퇴도이선생유허비**

었으니, 죽유는 퇴계의 처질서妻姪壻가 된다. 오언의가 퇴계와 함께 송재에게 글을 배웠다고 하니, 학연과 혈연이 중첩되어 있다고 하겠다.

조효연은 호가 위재韋齋로 천품이 총명하고 민첩하였으며 특히 시문에 탁월하였다고 전한다. 그 역시 송재의 사위로 퇴계의 종자형이다. 아버지는 사옹원정11)司饔院正을 지낸 조치우曺致虞인데, 치우가 처가 고을인 창원으로 옮겨 살면서 창원에서 그의 후손들이 세거하게 된다. 조효연 역시 오언의와 마찬가지로 송재에게 글을 배웠다. 당시 송재는 흔히 오산당吾山堂으로 불리는 청량정사淸凉精舍를 청량산에 지어 놓고 강학활동을 벌였는데, 조카인 온계溫溪 이해李瀣, 1496~1550와 퇴계 이황을 비롯해서 오언의와 조효연 등을 가르쳤던 것이다. 이러한 관계로 퇴계는 이들과 특별하게 가까이 지낼 수 있었고, 조효연이 창원으로 거처를 옮기자 그 역시 자연스럽게 이곳을 방문하게 되었던 것이다.

퇴계는 55세 되던 해 조카와 손자들을 거느리고 청량산을 유람한 적이 있었다. 그때 퇴계는 어릴 적의 기억 한 자락을 걸어 올린다. 을해년, 그러니까 그가 15세 때에 종제인 이수령李壽苓 및 종자형 오언의와 조효연 등과 함께 숙부 송재를 모시고 청량암을 노닐던 것을 회상하였던 것이다. 그리고 당시를 생각하면서 시를 써서 같이 간 조카와

▲ 청량사 전경

손자들에게 보인다. 모두 두 수였는데 내용은 이렇다.

청량사 안에서 모시고 노닐던 것을 생각하노니,　　清凉寺裏憶陪遊
그때의 총각이 이제 눈이 머리에 가득하다네.　　丱角如今雪滿頭
학의 등을 타고 몇 번을 굽어 보니 산천은　　鶴背幾看陵谷變
얼마나 변했던고?
남긴 시 거듭 외어보노라니 눈물이 줄줄 흐르네.　　遺詩三復涕橫流

거듭 찾아보니 오직 내가 사람이 되었음을 깨닫겠네.　　重尋唯覺我爲人
복사꽃 떠내려오는 물, 봄은 몇 번이나 지났던고?　　流水桃花幾度春
너희들도 다른 날 나의 느낌을 알 것이니,　　汝輩他年知我感
나도 당시에는 너희와 같은 소년이었다네.　　當時同汝少年身

▲ 청량정사

퇴계는 15세 되던 해 종제나 종자형 등과 더불어 숙부를 모시고 청량암을 올랐다. 앞의 시 2구에 나타나듯이 그때는 그야말로 '총각'이었다. 그러나 40년 뒤 다시 오르니 자신에게 『논어』를 가르쳐 주던 숙부는 세상을 떠나고 당시 함께 올라왔던 오언의와 조효연도 보이지 않았다. 자신만 머리가 하얗게 된 채 남아 있었던 것이다. 하여 그는 당시의 시를 외우며 눈물을 흘리고, 함께 간 조카 이교李𡧛, 1534~1595와 손자 이안도李安道, 1541~1584 등에게 '너희들도 뒷날 나의 나이가 되어, 여기에 오면 나의 이 느낌을 알 것이다'라고 했던 것이다. 뒤의 작품 3구가 바로 이것을 말한 것이다.

처가가 의령과 거창에 있고, 동문이자 종자형의 집이 함안과 창원에 있으니 퇴계는 경남을 자주 찾지 않을 수 없었다. 그리고 이 과정에서 많은 친구들을 사귀기도 한다. 갈천葛川 임훈林薰, 1500~1584, 안분당安分堂 권규權逵, 1496~1548나 청향당淸香堂 이원李源, 1501~1568이 대표적이다. 이들은 거창의 갈계리, 단성丹城의 입석立石과 배양培養 등지에서 살고 있었다. 그리고 제자들 가운데 구암龜巖 이정李楨, 1512~1571, 덕계德溪 오건吳健, 1521~1574, 첨모당瞻慕堂 임운林芸, 1517~1572이 있었는데 이들은 모두 사천의 구만, 산청의 서계, 거창의 갈계 등에 나누어 살면서 학문에 매진하고 있었다. 우리는 여기서 경남이 퇴계와 얼마나 인연이 깊은 곳이었던가 하는 것을 다시 깨닫게 된다.

퇴계의 남행 기록

퇴계와 인연이 깊은 땅 경남, 그는 과연 몇 차례나 이곳을 여행하였을까? 권오봉 교수의 『퇴계시대전退溪詩大全』12)과 허권수 교수의 「경남지역에 소재한 퇴계의 유적에 대한 고찰」13) 등을 참고할 때 아홉 차례 이루어진 것으로 확인된다. 즉 23세, 32세, 33세, 34세, 35세, 36세, 37세, 42세, 43세가 그것이다. 이에 따라 시도 많이 지었는데, 백 수십 수에 달한다. 특히 문과에 급제하기 직전인 33세 때의 여행에서는 109수를 짓는다. 이를 따로 엮어 『남행록南行錄』이라는 시집을 만들기도 하였으나 이것은 현재 전해지지 않는다. 다만, 『퇴계집』의 본집이나 외집, 별집과 속집 등에 다양하게 흩어져 있을 뿐이다.

퇴계의 남도여행이 아홉 차례라고 하였지만, 이것은 시문학 작품을 통해 확인할 수 있는 것이고, 사실은 훨씬 더 많았을 것으로 추정된다. 기록에는 수학기1~33세의 끝에서 시작하여 출사기34~49세를 거치면서 주로 여행이 이루어지는데, 43세 이후에도 그는 꾸준히 남도여행을 단행했을 것임에 틀림이 없다. 혼인을 하면서 생기게 된 토지뿐만 아니라, 다양한 인척들이 경남을 중심으로 살고 있었기 때문이다.

퇴계의 남도여행은 주로 처가가 있는 의령이 중심이 되지만 그 범위는 거창, 함안, 함양, 사천, 마산, 창원, 산청 등으로 확장되었다. 퇴계의 남도여행 가운데 가장 길었던 것은 33세 되던 1533년중종 28에 이루어졌다. 출발은 1월 하순 경이었으며 여행 기간은 두 달 남짓이었다. 이 여행은 곤양군수로 있던 어득강14)魚得江, 1470~1550의 초청에 의해 이루어졌다. 어득강은 「어득강전」이라는 소설로 입전될만큼 유명한 인물이다. 그는 호를 자유子游, 관포당觀圃堂, 혼돈산인渾沌山人이라 하였는데, 특히 글 솜씨가 있었고 농담을 잘하였다 한다.

『조선왕조실록』에는 그를 두고, '사체를 몰라 그 일과 처사가 아이들 장난과 같았는데, 당시 사람들이 이를 결점으로 여겼다. 그러나 염치를 숭상하여 가난하기가 시골집의 빈한한 사람과 다름이 없었다. 공명과 득실 때문에 근심하지 않았으니 세상을 경계시키기에 충분한 사람이다'라고 기록하고 있다. 「어득강전」의 첫머리에는 그를 소개하여, '동국 세종조에 한 명사가 있으니 성은 어요, 이름은 득강이며 별호는 관포인데 일찍 진사에 급제하였다. 본디 재주가 출중하여 문학이 넉넉하였으며 겸하여 구변이 또한 미칠 자가 없었다.’라고 서술하고 있다. 이로 보아 어득강은 다소 기인적 성향을 지니고 있으면서 문학에 특별한 재능이 있었던 것으로 생각된다. 『퇴계집』 「연보」 33세조에는 이렇게 적혀 있다.

▲ 어득강의 필적

관포(觀圃) 어득강(魚得江)과 더불어 까치섬[작도]에서 놀면서 밀물과 썰물에 관하여 토론하였다. 관포는 이때 곤양군수로 있었는데, 선생에게 편지를 보내 쌍계사를 함께 유람하고자 초청한 바 있었다. 이번 길에 뜻을 이루고자 하였으나 다른 일이 생겨 시행하지 못하고 다만 그와 함께 바다놀이를 하면서 밀물과 썰물에 관하여 논한 것이다. "예로부터 많이들 이야기 하였건만, 옳게 맞춘 것은 과연 누구의 말이던가?(古今多少說, 破的竟誰言)"라는 싯귀가 있다.

관포는 1470년생이고 퇴계는 1501년생이니 관포의 나이가 30세 더 많다. 위의 기록으로 보아 관포가 곤양군수로 재직하면서 퇴계에게 편지하여 지리산 쌍계사를 유람하자며 권유를 했고, 퇴계는 이에 응하였던 것이다. 그러나 뜻은 이루지 못하고, 다만 썰물과 밀물에 대하여 서로 대화를 나누며 바닷놀이를 하였던 것으로 보인다. 이때 지은 퇴계 시가 바로 「곤양에서 어관포를 모시고 작도에서 노닐었는데, 이 날 밀물과 썰물에 대하여 논하였다昆陽 陪魚灌圃遊鵲島 是日論潮汐」라고 하는 5언 율시이다. 이 작품에 대해서는 사천편에서 자세히 다루기로 한다.

예안에서 출발한 퇴계는 1533년 1월 29일 예천을 지났고, 선산과 성주, 합천을 거쳐 2월 11일에 의령의 정암진을 지나 함안으로 들어간다. 15일에는 마산의 월영대, 3월 18일에는 다시 함안 오언의의 집에서 놀았고, 20일에는 창원에 갔다. 21일에는 마산의 비암을 찾았으며, 다시 의령 처가, 26일에는 진주의 법륜사와 청곡사, 28일에는 진주 촉석루를 거쳐 어득강이 있는 곤양에 도착하였다. 그러니 어득강을 찾은 것은 이번 여행의 마지막 코스였다. 귀환할 때

▲ 쌍계사 입구 쌍계 석각 글씨

는 의령 처가에 들렀다가, 합천과 성주 등지를 거치면서 예안으로 돌아온다. 퇴계는 남행 과정에서 경남으로 들어가는 길목에 위치한 성주를 거치게 되는데, 이때 지은 두 편의 시를 감상해보자.

새벽 하늘 노을 흩어지고 처음으로 해 떠오르니,	曉天霞散初昇日
물빛 산빛이 그림 속에서 자랑하듯.	水色山光畫裏誇
말머리에서 내뿜는 입김 온통 눈과 같고,	馬首吹香渾似雪
산앵도에는 눈물방울처럼 이슬 맺혔네.	泣殘珠露野棠花
사방으로 드넓은 들판에 비 기운 감도는데,	四野蒼茫欲雨天
남행을 하며 이제 비로소 가천을 건너네.	南行今始渡伽川
땅은 신령스러워 신선이 사는 곳 같고,	地靈猶是神仚境
풍년이 들었으니 어찌 가뭄을 알겠는가?	歲熟寧知旱魃年

멀리 보이는 유유한 기운 물가의 나무에 있고,	遠勢依依汀樹際
고르게 아득히 나누어지는 것은 들판의 연기라네.	平分漠漠野中烟
말 울음 소리 내며 향림의 숲을 지나가노라니,	馬啼穿得香林過
푸른 깃의 새는 울면서 날아가니 도리어 자연스럽네.	翠羽飛鳴却自然

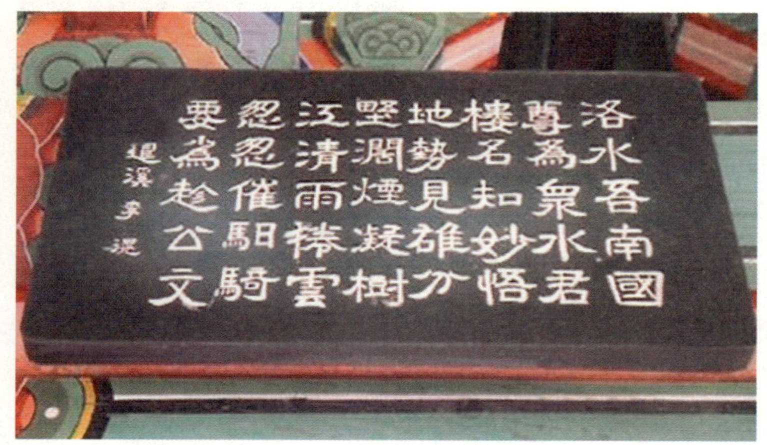

▲ 관수루 퇴계시판

1533년 1월 29일, 퇴계는 예천을 지나며 「29일 예천 도중」이라는 시를 짓는다. 그리고 상주의 낙동강 가에 있는 관수루에 올라 물결에 얼비치는 노을을 감동적으로 바라보며, 「회일등관수루晦日登觀水樓」와 「등상주관수루登尙州觀水樓」를 남긴다. 선산을 지날 때는 금오산높이 976m 기슭에 있는 야은冶隱 길재15)吉再, 1353~1419의 정려旌閭에 경배한다. 이때 그는 '나라를 지키기에는 이미 늦었지만 기강을 세웠으니 그 절개 길이 우뚝하리라'고 하면서 길재의 대절을 드높였다. 『퇴계집』을 펼치면 가장 먼저 나오는 작품이 「과길선생려過吉先生閭」다. 바로 퇴계가 남도여행을 세 번째로 단행하면서 지은 작품인 것이다.

성주는 오래된 고을이다. 본피本彼, 성산星山, 가야伽倻, 신안新安 등으로 불리며 전체적으로는 누워있는 소의 형상을 하고 있다고 한다. 안산의 모습은 소가 별을 보면서 누워있는 것 같아 '성산'이라 한다고

도 했다. 퇴계는 이른 아침에 일어나 산앵도에 맺힌 붉은 이슬을 보면서 성주를 출발하고, 가야산에서 발원한 물이 성주 쪽으로 흘러서 이루는 가천을 건너게 된다. 수련에서 보듯이 그는 '남행을 하며 이제 비로소 가천을 건너네'라고 했다. 퇴계의 남도여행이 얼마나 설레는 것이었던가 하는 것을 짐

▲ 가천과 가야산

작하고도 남는다. 가천 서쪽 언덕 가야산 쪽에 있는 향림을 지나면서 하늘을 쳐다본다. 거기 비취빛의 날개를 지닌 새가 한 마리 날고 있었다. 퇴계는 그 새에게 시선을 던지며 말이라도 건네고 싶었던 게다.

남도에 젖어든 퇴계의 숨결

합천 지역

고운 선생이 떠난 지 이미 천년
가야산

1533년계사, 중종 28 2월 3일, 퇴계는 말을 타고 성주의 향림을 지난
다. 그리고 서쪽으로 보이는 가야산을 바라 본다. 가야산伽倻山은 칠
불봉七佛峰, 1433m이 제일 높고, 그 다음이 우두봉牛頭峰, 1430m이다. 소
의 머리와 비슷하다고 한 우두봉이 더욱 유명하며, 이 때문에 가야
산을 우두산牛頭山이라고 불렀으며 상왕산象王山·중향산衆香山 등으로
불리기도 한다. 성주에서 가야산 꼭대기를 보면 거대한 소 한 마리
가 산꼭대기에 앉아 있는 모습을 하고 있다. 머리를 성주 쪽으로 두
고 있으며 엉덩이를 합천 쪽으로 하고 있다. 나는 어린 시절 성주에

▲ 가야산 '우두봉' 표석

서 그 소머리 산을 보면서 자랐다. 산꼭대기에 앉아 있는 거대한 소는 늦봄까지 머리에 눈을 이고 있었다. 억만 겹을 내려다보고 있는 신비한 힘, 그 힘의 한 자락을 나는 보았다.

가야산 하면 떠오르는 생각 몇 가지가 있다. 가야산이라는 산명이 말해 주는 옛 가야국, 소와 코끼리 등과 연계된 불교, 해인사海印寺, 신선, 최치원16)崔致遠, 857~?, 홍류동 등등이 그것이다. 퇴계 역시 가야산과 관련되어 있는 이 단어들을 떠올리며 고시古詩 한 수를 지었다. 고시는 형태가 자유롭다. 따라서 자신이 담고 싶은 말을 비교적 자유롭게 담을 수 있다. 이것은 퇴계가 가야산으로 많은 이야기를 하고 싶었던 것을 증명한다. 뒷날 그의 제자 한강寒岡 정구鄭逑, 1543~1620가 「유가야산록遊伽倻山錄」으로 이야기했던 산, 그 산에 대하여 퇴계는 이렇게 노래했다.

옛 가야의 땅에 있는 가야산,	伽倻山在古伽倻
이어진 겹겹의 봉우리 높다랗게 솟아있네.	連峯疊嶂高嵯峨
옥색의 기운 아스라이 자줏빛 하늘에 닿아 있어,	縹氣漫漫接紫霄
흡사 성모가 푸른 노을을 탄 것 같네.	疑是聖母凌蒼霞
신령스런 자취를 남긴 세속에서 찾으려 하니,	靈神異跡訪遺俗

옛 기록은 전해져오나 참과 거짓이 섞여 있네.	古記相傳莽眞訛
해인사가 산 속에 있다는 말을 내 들었나니,	山中聞有海印寺
금당과 옥실이 모두 신선이 사는 곳이겠지.	金堂玉室眞仙家
최고운이 신선되어 떠나간 지 이미 천년,	崔仙去後一千載
흰구름만 적적하게 산 모퉁이에 머물러 있네.	白雲寂寂留山阿
오래된 집은 오직 큰 기운을 간직하고 있을 뿐,	古閣唯餘藏瀨電
절에선 다시 신선술을 기르지 않는다네.	玄壇不復養芝砂
지금은 원숭이와 산새가 푸른 산 속에서 울고,	至今猿鳥嘯靑熒
돌길은 묻혀 푸른 이끼만 짙게 깔려 있네.	石徑埋沒蒼苔多
내 남쪽 지리산을 찾아 지극한 도를 묻고자 하니,	我欲南尋智異問至道
돌아올 땐 산도화 핀 것을 볼 수 있겠지.	歸來及見山桃花
홍류동 속에서 푸른 대지팡이를 짚고서,	紅流洞裏靑竹杖
최신선을 부르면 수많은 선녀 데리고 오겠지.	喚起崔仙從以萬素娥
가야금 타며 구름에 가려진 달을 희롱하며,	彈倻琴弄雲月
천일 동안 취하여 자유의 경계에서 놀아 볼거나?	一醉千日遊無何

▼ 가야산 우두봉 원경

이 시는 물론 성주 쪽에서 가야산을 보고 지은 것이다. 그러나 그 내용이 모두 합천 가야산 쪽이기 때문에 여기서 함께 감상해 본다. 옛 가야국이 있어 그렇게 이름 붙여졌을 법한 가야산, 퇴계는 우선 이렇게 노래를 시작했다. 그리고 해인사와 최치원을 신선사상과 결부시켜 이해하고자 했다. '금당과 옥실이 모두 신선이 사는 곳'이라고 하거

▲ 지리산 환학대

나 '최고운이 신선 되어 떠나간 지 이미 천년'이라 한 것이 모두 그러한 것이다. 그러나 세월이 흘러 '절에선 다시 신선술을 기르지 않'고 신선이 다니던 '돌길은 묻혀 푸른 이끼만 짙게 깔려 있'다고 했다. 여기서 우리는 가야산에서 신선이 되었다는 최치원을 퇴계가 지금 그리워하고 있다는 것을 알 수 있다.

최치원의 유적은 지리산 쌍계사 근처에도 있다. 퇴계 역시 이것을 인식하고 이번 남도여행의 목적이 어득강과 함께 쌍계사를 찾아 유람

▶ 진감선사 대공탑비

하는 것이니, 거기서 '지도至道'를 물을 수 있기를 희망했다. 최치원이 썼다는 쌍계사 입구의 '쌍계雙磎'와 '석문石門', 최치원이 짓고 쓴 저 유명한 「진감선사대공탑비眞鑑禪師大空塔碑, 국보 제47호」, 최치원이 청학을 불렀다는 환학대喚鶴臺, 그리고 청학동, 이러한 유적을 통해 퇴계는 최치원을 느끼고 싶었던 것이다. 그리고 돌아오는 길에 가야산에 들러 최치

▲ 쌍계사 입구 석문 석각 글씨

원을 부르면 그가 수많은 선녀를 대동하고 맞이할 것이라 했다. 가야산과 최치원, 그리고 자신의 교감이 여기에서 절실해져, 그 자신 무하유지향17)無何有之鄕에서 노닐 수 있을 것이라 했다.

공명의 굴레를 벗어던지고 찾은 남정

함벽루

함벽루涵碧樓는 행정구역상 경상남도 합천군 합천읍 합천리 203번지에 위치하며 현재 문화재자료 제59호로 지정되어 있다. 합천읍 남쪽 5리 지점의 대야성大耶城 발치에 있는 이 누각은 뒤로는 응봉산鷹峰山 암벽이 우뚝하고, 앞으로는 남정강南汀江이 흐른다. 가야산, 해인사, 홍류동계곡, 황계폭포, 남산제일봉, 황매산 모산재, 합천호 및 그 벚꽃길과 함께 합천 8경의 하나로도 유명하다. 『합천군읍지』와 『함벽루지』에 의하면 이 누각은 1321년충숙왕 8에 김 아무개가 처음 세웠는데 연대가 오래되어 이름을 알 수 없다고 했다. 1467년세조 3에 군수 유륜柳綸,

1681년숙종 7에 군수 조지항趙持恒,
1871년고종 8 군수 조진익趙鎭翼 등에
의해 거듭 보수되고 새로 세워졌다
는 것도 기록해 두고 있다.

　함벽루에는 수많은 제영들이 게
판되어 있다. 그 가운데 들보를 마
주하고 걸려 있는 퇴계의 시와 남
명 조식18)의 시가 가장 먼저 눈에
들어온다. 퇴계의 시는 해서체로
되어 있어 단아하고, 남명의 시는

▲ 합천의 함벽루

초서체로 되어 있어 호기롭다. 퇴계와 남명의 기상을 잘 이해하는 누
군가가 이렇게 새겨 걸어 두었을 것이다. 이 두 분은 영남학파19)의
양대산맥으로 널리 알려져 있다. 닭이 어둠을 몰아내고 밝음을 불러
오듯이 이들은 모두 닭띠로서 우리 지성사에 문명의 빛을 던졌다. 이
때문에 성호星湖 이익李瀷, 1681~1763은 퇴계와 남명이 학단을 열고 인
의仁義를 가르칠 때를 들어 '어시호, 문명지극의!於是乎, 文明之極矣!'라고
외쳤는지도 모른다. 퇴계와 남명의 시는 이렇다.

▲ 함벽루 석각 글씨

북쪽에서 달려 온 산 우뚝이 멈추어서고,	北來山陡起
동쪽으로 가는 강물 천천히 흐르네.	東去水漫流
기러기는 마름 돋은 모래톱 가로 내려앉고,	鴈落蘋洲外
연기는 대나무 집 위로 솟아오르네.	烟生竹屋頭

한가하게 찾으니 뜻이 고원해짐을 알겠고,	聞尋知意遠
높은 누각에 기대서니 몸이 뜬 것을 깨닫겠네.	高倚覺身浮
다행히 공명의 굴레에 얽매이지 않아,	幸未名疆絆
떠나거나 머무르기를 마음대로 할 수 있다네.	猶能任去留
잃은 것을 남곽자 같이 하지는 못해도,	喪非南郭子
강물은 아득하여 앎이 없다네.	江水渺無知
뜬구름 같은 일을 배우고자 하여도,	欲學浮雲事
높은 풍취가 오히려 깨어버리네.	高風猶破之

앞의 작품은 퇴계의 「남정차허공간운南亭次許公簡韻」으로, 33세에 지은 것이다. '남정'은 함벽루를 의미하고, '허공간'은 퇴계의 처남 허사렴許士廉이다. 그러니 이 시는 처남 허사렴의 작품에 대한 차운이다. 퇴계는 먼저 수련과 함련에서 주위의 풍경을 묘사했다. 북쪽으로 우뚝한 산, 동쪽으로 천천히 흐르는 물, 기러기 내려앉는 마름 돋은 모래톱, 연기 솟아오르는 대숲 속의 집 등이 그것이다. 그리고 이어 경련과 미련에서는 자신의 유연한 심정을 조용히 드러냈다. 고원해진 마음, 몸이 공중으로 뜬 듯한 느낌, 공명의 굴레를 벗어남, 자유로운 행동 등이 그것이다. 특별할 것 없는 평명平明하고 진솔한 심경을 퇴계는 함벽루에서 제시했던 것이다. 우리는 여기서 퇴계 시세계의

▼ 함벽루의 퇴계 시판

▲ 함벽루의 여러 시판

한 국면을 잘 이해하게 된다.

　뒤의 작품은 남명의 「함벽루」로 퇴계의 것과 조금 다르다. 장자는 『장자莊子』「제물론齊物論」에서 남곽자기南郭子綦와 안성자유顔成子游의 대화를 통해 나와 너의 완전한 화합, 완성과 미완의 일치, 사물과 자아의 평등을 이야기하고 있다. 남명은 장자의 이 같은 생각을 적극적으로 받아들인다. 1구에서 '남곽자'를 불렀고, 2구에서 함벽루에 높다랗게 올라 시비를 버리고자 한 것도 같은 이유에서였다. 그러나 3구에서 현실을 '부운사浮雲事'로 보고자 하는 생각에 대전환이 일어나고, 결국 4구에서 '고풍'을 등장시켜 앞에서 진행시켰던 세계관을 깨어 버린다. 남

▼ 함벽루의 제일강산 현판

명은 장자적 세계를 인정하면서 유가적 세계관을 튼실히 하고자 했다. 그의 의식에 묻어 있는 장자적 세계관의 성격과 기고^{奇高}한 시의식이 이처럼 드러나고 있었던 것이다.

　일찍이 강희맹[20]姜希孟, 1424~1483은 「함벽루기」를 쓴 적이 있다. 함벽루에 기문을 쓴 사람은 강희맹 외에도 안진安震, ?~1360과 송시열宋時烈, 1607~1689 등 5명이 더 있다. 강희맹은 그의 글에서 강담수姜淡搜의 말을 빌어 함벽루 주위의 경치를 묘사하여, '절벽을 등지고 맑은 내에 다달아 남쪽으로 바라보면 뭇산이 푸른 병풍처럼 둘러쳐져 있고 서쪽 바위 곁에 옛 절이 있어 새벽 종소리와 저녁 북소리가 은은하게 구름 밖에서 들려온다.'고 한 적이 있다. 퇴계 역시 이것을 보고 들었을 것이다. 퇴계는 여기서 「합천남정운陜川南亭韻」을 더 짓기도 했다. 퇴계가 지은 이 노래를 부르며 함벽루를 떠나기로 하자. 노래는 이 절까지 있다.

봄바람은 불어 그치지 않고,	春風吹不盡
지는 해는 다리 가에 걸려 있네.	落日在橋邊
근심스런 마음 어지러이 일어나는 곳은,	攬得愁情處
향그런 풀 돋아 난 모래톱의 한 줄기 안개.	芳洲一帶烟
배는 긴 다리 곁에 누워 있고,	舟臥長橋側
높은 정자는 깎아지른 골짜기 가에 있네.	亭高絶壑邊
물가 모래는 눈보다도 희고,	渚沙白於雪
봄 강물은 푸르기가 연기 같다네.	春水綠如烟

남도에서 보는 아름다운 경치
쌍명헌

1542년 1월 25일, 퇴계는 합천에서 삼가를 지나고 있었다. 이 해에 그는 홍문관21)弘文館 부교리22)副校理, 의정부검상議政府檢詳을 거쳐 어사御使로 임명되어 충청도의 흉년 구제사업을 순찰하고 상경한다. 경주로 돌아가는 회재晦齋 이언적23)李彦迪, 1491~1553을 전송하기도 하였으며, 통덕랑24)通德郎이 되어 사인舍人으로 승진하기도 했다. 8월에는 고향에 돌아가는 농암聾巖 이현보25)李賢輔, 1467~1555를 전송하였고, 12월에는 사헌부26)司憲府 장령27)掌令에 임명되었다. 주로 서울에서 생활하였으나, 서울로 가기 전에 잠시 짬을 내어 처가에 갔다. 그 때 지은 시가 「25

일 합천에서 삼가를 향하는 도중에二十五日, 陜川向三嘉途中」라는 작품이다.

가천 시냇가에서 아침 해가 솟는 것을 보았는데,	朝看旭日傍伽川
한낮에는 남정을 지나 자줏빛 안개 속으로 들어가네.	午過南亭入紫烟
티끌 세상의 일들 모두 벗어 던지고자 하나,	欲把塵機渾脫累
어찌할거나! 세상사 움직였다 하면 끌려드는 것을.	奈何世事動遭牽
새 봄이 돌아와 눈 녹은 지 겨우 사흘,	新陽雪盡纔三日
옛 객관에는 아는 사람 없고 이미 지난 6년 세월.	舊館人非已六年
아득한 고향은 이제 더욱 멀어졌는데,	杳杳家山今更遠
나그네 마음 서울로 기울어졌다 말하지 말게나.	羈心休道洛中偏

　성주의 가천에서 아침을 맞고, 말을 부지런히 몰아 한낮에는 합천의 남정을 지나갔다. 이미 살펴본 것처럼 가천이나 남정은 퇴계가 의령으로 갈 때 항상 지나가던 곳이었다. 이 작품을 보면, 지난 33세에 지은 작품과는 여러 측면에서 다르다. 그 때는 '다행히 공명의 굴레에 얽매이지 않아, 떠나거나 머무르기를 마음대로 할 수 있다네.'라고 했는데, 여기서는 함련에서 보듯이 '티끌세상의 일들 모두 벗어 던지고자 하나, 어찌할거나! 세상사 움직였다 하면 끌려드는 것을.'이라 하고 있기 때문이다. 관리생활을 하고 있으니 마음이 바빠진 것이다. 미련에서 '나그네 마음 서울로 기울어졌다 말하지 말게나'라고 애써 변명하지만 그의 마음은 한가하게 노닐 여유가 없었다.

　퇴계는 위의 시에 주석을 달기도 했다. 즉, '23일이 입춘이었으니 지금 3일 지났다. 정유년丁酉年에 내가 의령에 왔었는데 지금은 임인년

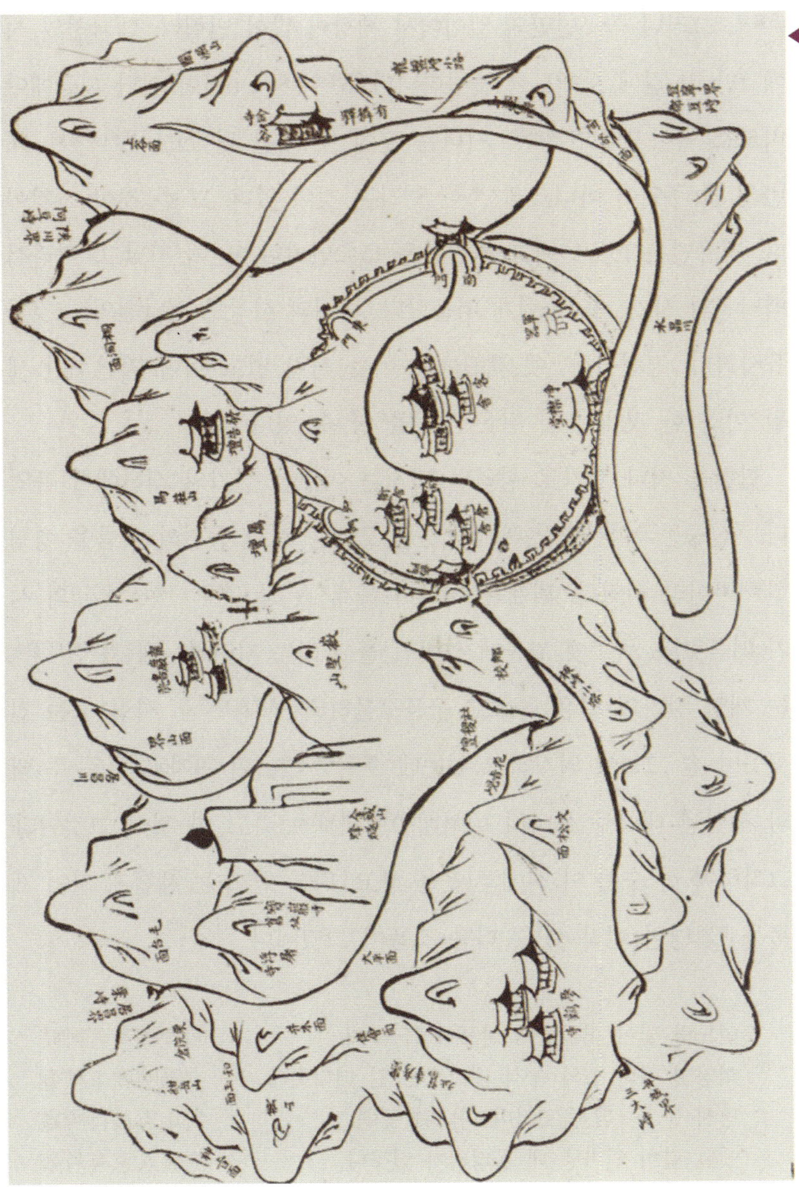

◀ 삼가현 고지도

壬寅年, 그러니 꼭 6년만의 일이어서 세상이 많이 변했다. 백낙천의 시에 "만 리 길에 오래도록 돌아다니다가萬里路長在, 6년이 지난 지금에야 비로소 돌아가네六年今始歸. 지나는 길에 옛 객관 많았으나所經多舊館, 태반은 옛 주인이 아니로세太半主人非"라는 것이 있다.'고 한 것이 그것이다. 정유년은 1537년이고 임인년은 1542년이니 6년이 지났고, 따라서 백낙천의 시가 자연스럽게 떠올랐다. 퇴계의 시상도 백낙천의 그것과 유사하다. 경련에서 '옛 객관에는 아는 사람 없고 이미 지난 6년 세월.'이라 한 것에서 이 같은 사정을 알 수 있다.

합천을 지나 삼가로 향하던 퇴계는 여장을 삼가의 객관에서 풀었다. 『신증동국여지승람』28) 「삼가현」조에는 객관 동헌의 이름을 쌍명헌雙明軒이라 하였다. 퇴계는 여기서 목계木溪 강혼姜渾, 1464~1519의 시가 떠올랐다. 즉, '옛 고을에 까마귀 울고 해는 지려하는데古縣鴉鳴日落時, 눈 개인 강가의 길은 좁고도 구불구불하네雪晴江路細透遲. 사람 사는 집 곳곳이 숲 그늘에 의지하고 있는데人家處處依林樾, 흰 판자로 만든 두 짝의 사립엔 대나무 울타리 비치네白板雙扉映竹籬.'라고 한 것이 그것이다. 그리하여 한 수는 이 시에 차운을 하고, 다른 한 수는 새롭게 지어 제목을 「쌍명헌」이라 했다. 다음 작품이 그것이다.

연노랑 빛이 버들잎에 살포시 물들 때,	暗覺輕黃著柳時
석양빛 곱디 고와 누각 내려오는 걸 더디하네.	夕陽明麗下樓遲
당시 눈 온 뒤 읊조리며 다니던 곳엔,	當年雪後行吟處
옛날 같이 인가엔 대 울타리가 있구나.	依舊人家有竹籬

눈 녹아 처마로 낙숫물지고 날 저물어 처량한데,	滴殘簷雪暮淒淒
오래된 집에 연기 반쯤 나즈막히 오르네.	古屋烟生一半低
남쪽 지방에 아름다운 정취 저절로 있어,	自是南中有佳致
대숲 짙은 곳에 푸른 새가 울고 있네.	竹林多處翠禽啼

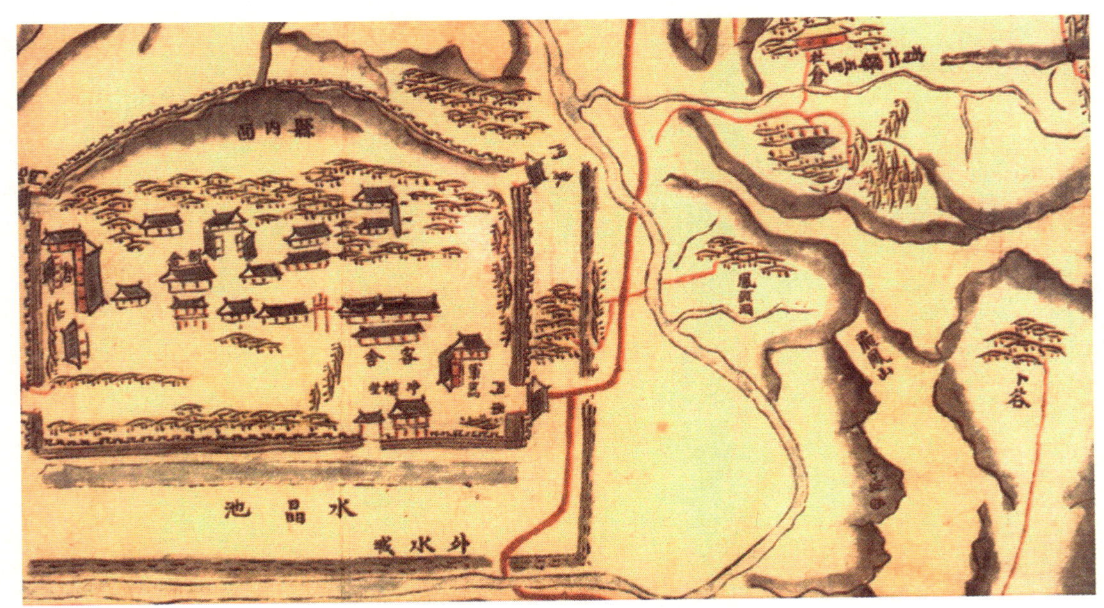

▲ 삼가 고지도 객관 부분

삼가의 객관에서 묵으며 퇴계는 위와 같은 작품을 남겼다. 봄이 다시 와서 꽃보다 아름다운 버들잎이 연초록으로 해맑다. 그리고 석양 노을은 너무나 아름답다. 퇴계는 이를 남중가치南中佳致라고 하면서 깊은 서정의 세계로 빠져 들었다. 아름다운 정서는 다른 사람에게도 감염된다. 이 때문에 18세기 초에 활약했던 강좌江左 권만權萬, 1688~1749은 퇴계의 시를 판에 새겨 다시 걸면서, 그것을 기념하여 차운하기도 했다. 그 후 1886년에는 후산后山 허유許愈, 1833~1904가 53세의 나이로 삼가현감과 함께 강학을 한 후, 퇴계의 쌍명헌 시를 외우고 판각을 하여 걸도록 한다. 우리는 여기서 시간의 흐름에 따라 쌍명헌이 새롭게 중건되고, 이 과정에 퇴계의 시가 다시 주목받는 사정을 알게 된다.

의령 지역

탁영 선생을 그리며

백암동헌

　의령에 있는 퇴계 처가 주변에는 매화가 많았다. 매화를 특별히 좋
아하는 퇴계가 가만히 있을 리 만무하였다. 뒷날 그는 평소 지은 매
화시 91편을 엮어 『매화시첩^{梅花詩帖}』을 간행했을 정도로 매화를 사랑
했다. 퇴계는 매화를 단순히 절의적 측면에서 인식하지 않았다. 그가
매화를 다면적으로 묘사해 내기는 했지만 주된 정조는 청정^{淸淨}과 청
진^{淸眞}이었다. 이것은 매화라는 사물을 통해 청정하고 청진한 이치를
살폈기 때문에 가능하다. 즉 관물찰리[29]^{觀物察理}의 사물접근법이 작동
했다는 것이다.

▼ 의령 고지도 '가례리' 부분

퇴계는 처가에서 '의령에 훌륭한 세계가 따로 있어宜城別占好乾坤, 백암촌 안에 동산이 많다네白巖村裏多林園.'라고 시작하는 장편의 「매화시梅花詩」를 짓는다. 이 시는 현전하는 퇴계의 매화시 가운데 가장 먼저 창작된 것이라는 측면에서 주목할 필요가 있다. 특히 '얼음 같은 영혼 눈 같은 뼈로 조화를 마음대로 하고氷魂雪骨擅造化, 그윽한 향기 성긴 그림자가 참으로 맑디 맑다暗香疎影絕蕭灑'라는 구절에 와서 그 절정을 이룬다. 매화가 있는 퇴계의 처가에는 백암동헌白巖東軒이라는 정자가 하나 있었다. 이 정자에 매화같은 맑은 정신으로 살다간 사람의 시가 걸려 있었다. 탁영濯纓 김일손30)金馹孫, 1464~1498의 시가 바로 그것이다.

평상을 언덕 위에 옮겨 놓고 앉아 있노라니,	移牀坐坡面
찬 기운이 옷 속에 스며드네.	冷氣透衣裳
흰 돌은 아름다운 나그네를 머물게 하고,	白石留佳客
청산은 석양으로 바꾸어 든다네.	靑山易夕陽
금빛 술동이에는 찬 이슬이 떨어지고,	金尊滴寒露
은어회는 내리는 서리처럼 갈라지네.	銀鮒斫飛霜

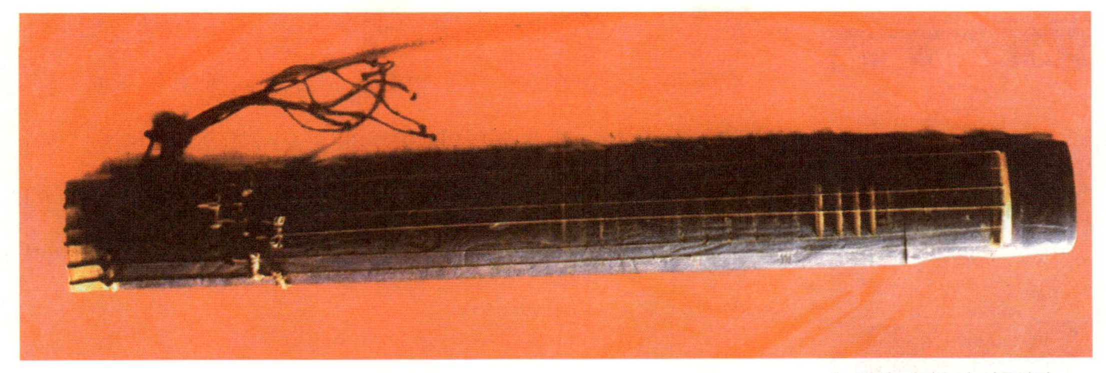

▲ 탁영 김일손이 사용하던
거문고(보물 제957호)

그대와 함께 물가에서 모임을 가지나니,　　　　　共作臨流會
물굽이에서 술잔을 띄우고 시 짓는 놀이 어떠한가? 何如曲水觴

이 시는 김일손이 의령 박천^{駮川}에서 허원보^{許元輔, 1455~?}와 함께 노닐며 지은 것이다. 제목은 「의령 박천에서 허원보와 함께 놀며^{宜寧駮川,} ^{與許上舍元輔 同遊}」인데, 허원보는 바로 퇴계의 장조부다. 김일손은 허원보와 함께 은어회로 안주를 삼아 술을 마시면서 유상곡수연^{31) 流觴曲水} ^宴이라도 벌이고 싶었다. 함련의 백석^{白石}은 백암^{白巖}일 터이다. 그 돌에서 찬 기운이 솟아올라 옷 속으로 스며들고, 푸른 산이 저녁 놀에 비쳐 호젓하기 그지없다. 허원보는 이때 좋은 술과 안주를 만들어 김일손을 맞이했고, 김일손은 감사하는 마음으로 위와 같은 시를 지었다. 백암촌의 밤은 이렇게 깊어가고 있었던 것이다.

탁영 김일손은 곧은 선비였다. 성종 때 춘추관^{32) 春秋館}의 사관^{33) 史官}으로 있으면서 전라관찰사 이극돈^{李克墩, 1435~1503}의 비행을 직필^{直筆}하여 그의 원한을 샀다. 1498년에 『성종실록』을 편찬할 때 스승 김종

▲ 김종직 상

직金宗直, 1431~1492이 쓴 「조의제문34)弔義帝文」을 사초史草에 실었는데, 이를 이극돈이 알고 연산군에게 고하여 사형에 처해졌다. 이때 많은 선비들도 연루되어 화를 입었다. 이른바 무오사화35)가 일어난 것이다. 그의 칼날 같이 곧은 마음은 그야말로 매화향기 같았다. 이를 깊이 인식하였으므로 퇴계는 백암동헌에 걸려 있는 탁영의 시를 읽으며 다음과 같이 그를 그리워하였다.

만고의 영웅들은 모두 사라졌나니,	萬古英雄逝
그들을 생각하면 눈물이 옷에 가득해진다.	追思淚滿裳
당시에 취하여 쓴 글씨 남아,	當時留醉墨
오늘 봄볕 속에서 아름답구나.	此日媚韶陽
나라 위한 마음 무쇠와 같았고,	爲國腸如鐵
간신을 베는 칼날 서리 같았지.	誅奸刃似霜
박천 냇가에 꽃이 환히 피었는데,	花明駁川上
강개한 마음 가눌 길 없어 술잔을 드네.	慷慨一揮觴

퇴계는 탁영을 영웅이라 생각했다. 의를 지키다 죽은 그 영웅을 생각하니 눈물이 앞을 가렸다. 수련의 발상은 바로 여기서 시작되었다. 함련에서 말한 당시의 취묵醉墨은 앞에서 든 탁영의 시를 말한다. 허원보와 술을 마시고 시를 지었으니 퇴계가 이렇게 말할 수 있었다. 특히 함련의 '오늘 봄볕 속에서 아름답구나.'라는 구절은 독자로 하여금 애잔한 정서를 자아내게 한다. 탁영은 의와 함께 사라지고 지금 그의 시만 봄 볕 속에 아름답게 남아 있기 때문이다. 그러나 그의 금

석같은 마음은 여전히 남아 후인들의 가슴을 감동으로 적신다. 여기
서 퇴계는 강개해지지 않을 수 없었고, 또한 술을 마시지 않을 수 없
었다.

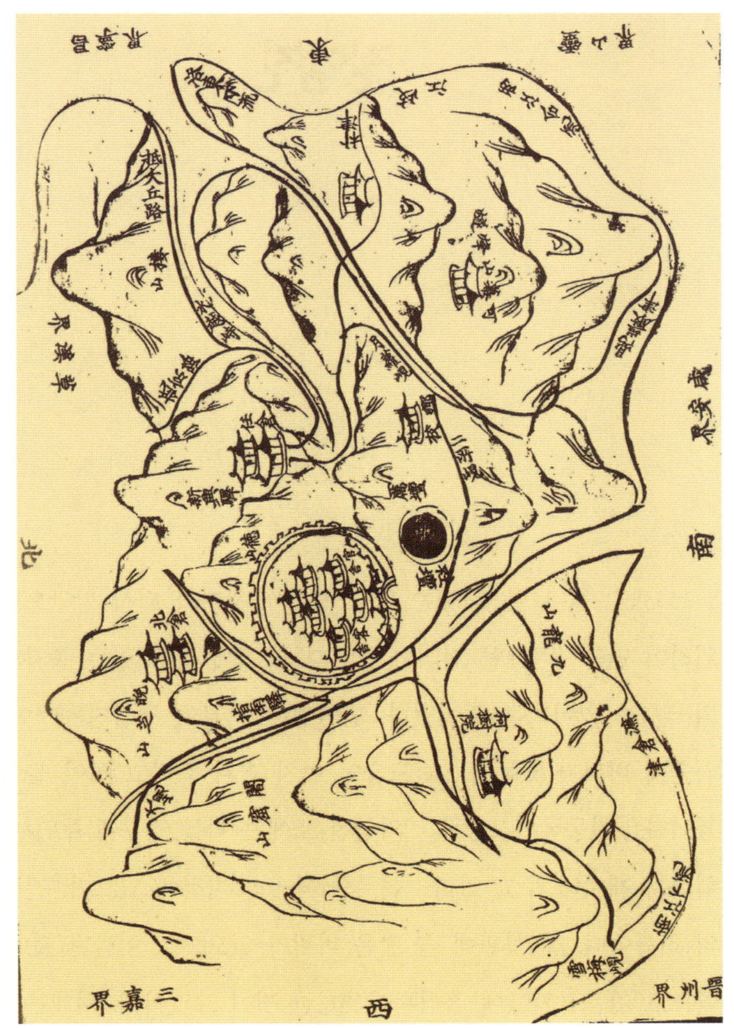

◀ 의령군 고지도

강심에 떠 있는 나뭇잎 같은 배 한 척

정암진

1533년 2월 11일, 퇴계는 의령 처가에 왔다가 다시 함안으로 가기 위하여 단암진丹巖津을 건너고 있었다. 모곡에 살고 있는 종자형 오언의吳彦毅을 찾아가는 길이었다. 단암진은 지금의 정암진鼎巖津이다. 강 가운데 바위가 있는데, 그 모습이 마치 솥과 같다고 하여 붙여진 이름이다. 『신동국여지승람』「의령현」조에는 이를 염두에 두면서 그 위치까지 제시해 두고 있다. '현 동남쪽 9리 지점에 있으며, 진주 남강의 하류이다. 물 복판에 솥 같은 바위가 있으므로 이름된 것이다. 동쪽으로 기음강歧音江에 흘러든다.'고 한 것이 그것이다. 퇴계는 이곳을 지나며 「11일 단암진을 건너며^{十一日渡丹巖津}」라는 시를 남겼다.

들은 수많은 소라껍질 같은 산을 나누었고,	野分千螺峀
강 가운데 나뭇잎 같은 배 한 척 떠 있네.	江中一葉舟
술 몹시 취한 봄날의 정오 근처,	醉深春到午
근심 가득한데 풀이 모래톱에 돋아났네.	愁滿草生洲
나루 지키는 아전은 나그네를 소홀히 여기고,	候吏輕人過
헤엄치는 고기는 해오라기가 노리는 것을 두려워하네.	游魚怕鷺謀
남쪽으로 왔다가 다시 동쪽으로 가나니,	南來又東去
친구를 방문하여 함께 놀고자 함이라네.	爲訪故人遊

겹겹으로 둘러쳐져 있는 산 속에 텅 빈 들이 있다. 그 옆으로 남강이 흘러 하류에 이르면 정암진이 있다. 나루터이니 배가 있을 수밖에 없고 그것은 나뭇잎 같은 작은 배였다. 이러한 사정을 생각하며 퇴계는 위의 시를 써내려 갔다. 정오 쯤 먹은 낮술, 취기 속에 내려다보는 모래톱의 풀, 퇴계는 그

▲ 의령의 정암진

것을 근심스럽게 내려다보고 있었다. 그리고 나루를 지키는 하급 관리와 물고기를 노리며 낮게 나는 해오라기를 본다. 대체로 시선이 넓은 곳에서 시작하여 좁은 곳으로 이동하고, 다시 그 자신에게로 향한

▲ 정암루

다. 이 때문에 남쪽 의령으로 왔다가 다시 배를 타고 동으로 가는 이
유를 말했다. 그리고 찾아가는 대상인 오랜 친구이자 종자형인 오언
의를 떠올리며 마무리했다.

정암진은 함안과 의령을 연결하는 나루터로써 주위에 정암원이 있
었으며, 부산·마산 방면에서 진주 방면으로 가는 육로와 수로의 요
충지다. 지금은 제방에 의하여 이 일대가 경지화되었지만, 임란 당시
만하더라도 이곳은 늪지와 진창이 넓게 분포하고 있었다. 임진왜란
초 왜군이 진주를 통과하여 호남으로 진출하기 위해 이곳을 지나가게

되었는데, 망우당^{忘憂堂} 곽재우36)^{郭再祐, 1552~1617}가 이 지역의 지형을 이용하여 저 유명한 정암진 전투^{1592.6.8.}를 승리로 이끌었던 곳이다. 이 전투는 임진왜란 의병전투의 시발점이 된다는 측면에서 중요하다. 이덕무37)^{李德懋, 1741~1793}의 『청장관전서』「홍의장군전」에는 이렇게 기술되어 있다.

왜장 안국사(安國司)가 전라도(全羅道)로 향한다고 선언하고 곧바로 정암진(鼎巖津)에 이르렀으나 진창 때문에 행군할 수가 없었다. 이에 먼저 포로들을 시켜 높고 건조한 곳에 기를 세우게 하고, 다음날 아침에 건너려 하였다. 곽재우는 이것을 염탐하여 알고는 한밤중에 왜놈들의 기를 뽑아다가 바꾸어 진창 속에 꽂아 놓은 다음에 복병(伏兵)하고 기다렸더니, 과연 적이 진창 속에 빠졌다. 이때 복병이 나와서 거의 전멸시켰다.

이윽고 적이 크게 쳐들어오니 곽재우는 우리 편 군사가 적어 맞설 수 없음을 헤아리고는, 힘이 세고 키가 큰 사람 10여 명을 뽑아서 모두 흰 말을 타게 하고 붉은 전포를 입혔다. 기에다 '천강홍의장군(天降紅衣將軍)'이라고 쓴 다음, 나누어 산골짜기 깊은 곳에 지키고 있게 하고는 곽재우가 먼저 적진(敵陣)을 습격하여 유인하니, 적은 온 무리를 총동원하여 추격하는데 납으로 만든 총알이 비오듯 쏟아졌지만 끝내 맞히지 못하였다.

곽재우가 수목(樹木) 사이 이곳저곳에서 나타나니 적이 바야흐로 놀라고 의심하던 차에 다시 보니 붉은 전포를 입고 흰 말을 탄 사람이 높은 봉우리와 깎아지른 절벽 사이에서 나와 빙 둘러서서 어지럽게 돌아가는데 그 수를 헤아릴 수 없었다. 적은 더욱 놀라고 의심하여 천신(天神)이라고 생각하여 감히 가까이하지 못하니 곽재우가 드디어 숲 속에서 나와 어지럽게 활을 쏘아 곧 전멸시켰다.

퇴계가 이곳을 지나간 지 59년 뒤의 일이다. 퇴계가 근심스럽게 내려다보았을 모래톱에 가득한 풀은 왜적의 피로 물들었을 것이고, 물고기를 노리던 해오라기도 왜적이 쏘는 조총 소리에 놀라 멀리 도망갔을 것이다. 최인훈은 『회색인灰色人』이란 소설에서 전쟁에 대하여 이렇게 묘사한 적이 있다. "전쟁은 그렇게 아무렇지도 않게 참으로 시시하게 시작되었다. 그것은 처음에는 그저 소문처럼 왔다. 한 달 후 전쟁은 처음으로 사람들의 눈앞에 불쑥 다가섰다."라고 임진왜란도 그렇게 시작되었을 것이고, 그것은 '눈앞에 불쑥' 다가서서 조선의 평화를 도륙하였을 것이다. 59년 전 퇴계의 아름다운 서정을 왜적은 참으로 참담히 도륙하였을 것이다.

가슴에 묻은 둘째 아들

채의 묘

퇴계는 경상북도 안동시 도산면 온혜리에서 태어났다. 아버지는 진사 이식李埴, 1463~1502이고, 어머니는 의성義城 김씨金氏와 춘천春川 박씨朴氏 두 분이었다. 김씨는 잠潛, 하河, 신담申湛의 부인 등 2남 1녀를 두고 별세하였으며, 박씨가 서린(일찍 죽음)과 의漪, 해瀣, 징澄, 황滉 등 5형제를 낳았다. 그러니 퇴계는 7남 1녀 가운데 막내 아들이었다. 아버지 이식은 퇴계가 출생한지 7개월만에 별세하였기 때문에 퇴계는 편모 슬하에서 성장하였다. 퇴계는 뒷날 어머니 박씨 부인 묘갈명을 짓게 되는데, 거기에 자신의 어린 시절을 회상하며 다음과 같이 썼다.

선군(先君)께서 병으로 돌아가셨을 때 큰 형이 겨우 장가들었고, 그 나머지는 어린 것들이 앞에 가득할 뿐이었다. 부인께서는 자식은 많고 일찍 홀몸이 되어 장차 집안을 유지하지 못할까 크게 염려하셨다. 농사짓기와 양잠 일에 더욱 힘써 옛 살림을 잃지 않았고, 여러 아들이 점점 성장하게 되자, 가난 속에서도 학비를 마련하여 원근을 가리지 않고 공부를 시켰다. 늘 훈계하셨던 말씀은 '문장에만 힘쓸 것이 아니라 몸가짐과 행실을 특별히 삼가야 한다'는 것이었다. 또한 '세상에서는 과부의 자식은 보통 올바르게 가르치지 못하였다고 욕을 할 것이니, 너희들은 남보다 백배 더 공부하여 힘쓰지 않는다면 어떻게 그런 비판을 면할 수 있겠느냐?'며 간절히 타이르셨다.

▲ 퇴계의 태실 현판

우리는 여기서 퇴계의 육성을 들을 수 있다. 그리고 엄한 어머니 밑에서 어린 시절을 보냈을 것이라는 사실을 충분히 짐작할 수 있다. 어머니로부터 『천자문』을 배우기도 했다고 문헌은 전한다. 이렇게 하여 반듯하게 자란 퇴계는 21세에 김해金海 허씨許氏 부인과 결혼하고, 상처喪妻한 뒤에는 30세에 다시 안동安東 권씨權氏 부인을 맞는다. 퇴계의 장조부 허원보許元輔는 고성에서 의령으로 이주를 하여 수珣·찬瓚·경瓊·근瑾을 낳았으며, 장인 허찬은 딸 둘 아들 둘을 두게 되는데, 퇴계는 맏사위였다. 처남은 사렴士廉과 사언士彦이었고, 처

제는 김진金震에게 시집을 갔
다. 퇴계는 허씨 부인 사이에
서 준寯과 채寀를 둔다. 그런
데 허씨 부인이 둘째 아들
채를 낳으면서 그 후유증으
로 한 달만에 죽고 만다.

　어렵게 태어난 이채, 그
역시 건강하지 못했다. 태어
난 지 한 달만에 어머니를

▲ 퇴계의 태실

잃고 주로 외가에서 자란다. 또한 아들을 두지 못한 외종조부인 허경
許瓊의 봉사奉祀를 위하여 그 전장田莊의 일부를 물려받기도 한다. 그러
나 허약한 몸에다 역질까지 돌아 22세의 나이로 갑자기 세상을 뜨고
만다. 당시 그는 막 혼인을 한 상태였고, 48세의 퇴계는 단양군수로
봉직하고 있었다. 의령에서 죽은 이채는 외조부 이찬의 묘소 옆에 임
시로 묻혔고, 이후 퇴계가에서 여러 번 이장하려 했으나 여의치 않았
다. 지금도 이채의 묘는 허찬의 묘역에 그대로 남아 있다.

　이채가 일찍 죽어 청상과부가 된 퇴계의 둘째 며느리, 그녀에 대한
이야기가 여러 가지로 전해온다. 정비석은 『퇴계소전38)退溪小傳』에서
'홀며느리의 일화逸話'라는 제목으로 이것을 소개하고 있다. 둘째 아들
채가 일찍 세상을 떠나자 퇴계는 홀로 된 며느리를 항상 위로하며 돌
보았다. 벼슬을 그만두고 집에 돌아온 어느 날 밤, 후원을 둘러보던

▲ 퇴계종택

퇴계를 경악케 하는 일이 발생한다. 며느리의 방에 불이 환하게 켜져 있고, 또한 말소리가 들렸던 것이다. 그런데 가만히 들여다보니, 며느리가 남자의 허수아비를 만들어 놓고 남편인 것처럼 다정하게 음식을 권하고 있는 것이 아닌가! 퇴계는 가슴이 찢어질 정도로 아파오는 것을 느꼈다.

며칠 후 사돈을 만나 며느리를 친정으로 데려가도록 종용했다. 그로부터 여러 해가 지나 조정의 부름을 받고 서울로 올라가게 되었는데 날이 저물었다. 산 속의 어느 집에서 하룻밤을 묵게 되었는데, 저녁상을 받아보니 반찬이 한결같이 퇴계가 좋아하는 것뿐이었다. 아침도 마찬가지였다. 조반 후 길을 떠나려 하자 주인은 버선 한 켤레를 선물로 주었는데 그것도 발에 꼭 맞았다. 그 순간 퇴계는 '아하, 내 둘째 며느리가 이 집으로 개가를 온 모양이구나.'라고 생각하였다. 퇴계가 주인과 하직하고 길을 떠나는데, 담 모퉁이에서 몸을 숨기고 눈물로 배웅하며 서 있는 여인이 있었다. 먼발치에서 보아도 틀림없는 그의 둘째 며느리였다.

퇴계의 과부 며느리 이야기는 다양하게 변이되기도 한다. 친정으로 돌려보낸 이유가 며느리의 방에서 꽃가지가 베갯머리에 꽂혀 있는 것을 보았기 때문이라고도 한다. 또한 퇴계가 며느리의 방에서 본 것도 며느리가 베개에 갓을 씌워놓고 그것을 끌어안고 흔들거리고 있었다고도 한다. 구비문학이 으레 그렇듯이 이처럼 다양한 변이과정을 거친다. 그러나 이를 통해 우리는 퇴계에겐 과부 며느리가 있었다는 것, 퇴계가 그것을 가슴아파하며 그녀를 개가시켰다는 것, 퇴계는 당대의 엄격한 규범보다 따뜻한 인간성을 더욱 중시했다는 것 등을 알게 된다. 퇴계는 이처럼 설화 공간 속에서도 위대하다. 의령에 남아 있는 이채의 무덤이 우리에게 애잔한 느낌으로 다가오는 것도 모두 이 때문이다.

시를 재촉하는 빗줄기

신번현

1535년 12월 29일, 퇴계의 장인 허찬이 세상을 떠났다. 향년 55세였다. 당시 퇴계는 서울에서 벼슬을 하고 있었기 때문에 장인의 장사^{葬事}에도 참석하지 못하고 있던 터였다. 1536년 6월에 성균관39)成均館 전적40)典籍으로 벼슬을 옮기고, 7월에 휴가를 얻었다. 이때 퇴계는 고향으로 내려와 어머니를 뵙고 8월 초순에 처가를 방문하여 빈소를 찾았다. 허찬은 어려서부터 입신양명할 뜻이 있어 21세에 진사 합격을 하였으나 이후 여러 번의 과거에서 뜻을 이루지 못했다. 이후 깨달은 바 있어 과거를 포기하고 어머니를 봉양하며 집안에서 학문을 닦았

다. 비루하게 세상에 아부하기
가 싫었던 것이다.

퇴계는 장인의 혼백 앞에서
여러 가지 생각이 떠올랐다.
당시 의령 고을에는 멋대로
횡포를 부려 백성들에게 해악
을 끼치는 아전이 있었다. 이
에 고을 선비들은 경재소[41]京
在所에 알려 다스리고자 했으
나 아전은 간신 김안로金安老,

▲ 의령 고지도 '신번' 부분

1481~1537와 결탁이 되어 있었고, 조정에서 파견을 나온 관리는 도리
어 옥사를 일으켰다. 이에 많은 시골 선비들이 연루되어 수십 명이
귀양을 가게 되었다. 허찬 역시 여기에 연루되어 있었고, 옥사가 끝나
기도 전에 병으로 죽게 되었다. 이에 퇴계는 「진사허공묘갈명進士許公
墓碣銘」을 써서, '온 고을 사람들은 귀양을 갔다 돌아왔건만, 공은 홀로
저승에서 원통함을 머금었구나!'라며 탄식을 하였던 것이다.

퇴계는 처가에서 약 보름동안 머물렀다. 추석도 거기서 보냈다. 중
추仲秋의 밝은 달이 이우는 것을 보았고, 처가를 떠나 8월 18일 지금
의 의령군 부림면 신번리 객관에 유숙하게 된다. 고향 예안으로 돌아
가기 위함이었다. 그 때 마침 비가 오고 있었다. 내리는 은빛 빗줄기
를 보면서 퇴계는 무수한 생각들이 뇌리를 스치는 것을 느꼈다. 임금

이 계시는 북쪽의 서울, 백발의 어머니가 계시는 고향 예안, 장인의 빈소를 찾은 남도의 나그네, 더딘 발걸음 등이 그것이다. 비는 상념을 자아내게 했다. 그것도 타향에서 맞이하는 가을비는 더욱 그러하였다. 하여 퇴계는 「비가 내려 신번현에 머무름雨留新蕃縣」이라는 시 두 수를 남기게 된다.

이미 중추 밝은 달이 기울어지려는 것을 보았는데,	已見中秋月欲虧
남녘 고을 가는 길손 발걸음 머뭇 머뭇.	南州行客尙逶遲
임금님 계신 북쪽 대궐 삼천리나 멀디 멀고,	紅雲北闕三千里
백발의 어머님 생각 밤낮으로 잊지 못하네.	白髮高堂十二時
전별주 마시며 친구와 헤어질 때 바람은 소매를 날리고,	醉別故人風挽袖
외론 객관에서 근심스레 읊조리니 빗발이 시를 재촉하네.	愁吟孤館雨催詩
부질없이 경마잡이 괴롭게만 했으니,	徒令倦僕知飢渴
손꼽아 돌아갈 길 이틀을 기약하네.	屈指歸程倂日期
바람이 나뭇잎에 불어 닥쳐 앞산을 흔들고,	風號木葉撼前山
비는 서쪽 창문을 때려 저녁 추위 일으키네.	雨打西窓作暮寒
나그네는 말을 풀어놓고 나물 단을 구하는데,	旅客解驂求菜束
시골 아이들 송아지를 부르며 사립문으로 들어오네.	村童呼犢入柴關
뜰에 난 가는 풀은 다시 촘촘해지고,	庭生細草新還密
벽에 그린 기이한 새는 오래되어 흐릿해졌네.	壁畫奇毛舊欲漫
비를 내리게 하는 용은 돌아가 숨을 테니,	可是龍公歸蟄臥
떠나는 옷깃 내일 돌아가는 안장에서 상쾌하겠지.	征衫明日快歸鞍

앞의 시는 역대 많은 시인들의 시를 인용하고 있어 퇴계의 폭넓은 시 공부를 알 수 있게 한다. 함련에서 '홍운북궐紅雲北闕'이라 한 것은 옥황상제가 사는 곳을 말하는 바, 사람들이 그곳은 항상 붉은 구름이 에워싸고 있다고 믿었다. 소식[42]蘇軾, 1037~1101은 이를 생각하면서 '한 무리

▲ 두보(712~770)

의 붉은 구름이 옥황상제를 받들고 있다一朶紅雲捧玉皇'고 했고, 퇴계는 이를 변용하여 대궐에 계시는 임금을 생각했다. 함련의 '백발고당십이시白髮高堂十二時'라고 한 것은 황정견[43]黃庭堅, 1045~1105의 시 가운데 '어버이를 생각하는 것을 하루에 밤낮으로 한다一日思親十二時'고 한 것에서 용사用事한 것인데 '백발고당'은 물론 박씨 부인이다. 그리고 경련의 '우최시雨催詩'는 두보[44]杜甫, 712~770의 시 가운데 '머리 위의 조각 구름이 자꾸 검어지나니, 이것은 아마 비가 시를 재촉하는 것이리片雲頭上黑, 應是雨催詩'에서 갖고 온 것이다.

두 수는 같은 곳에서 지었지만 서로 다른 의미를 지니고 있다. 앞

의 것은 중추의 밝은 달에서 시작하여 내리는 비를 통해 상념에 젖어들었다. 그 상념은 퇴계로 하여금 시를 짓게 했고, 따라서 '외론 객관에서 근심스레 읊조리니 빗발이 시를 재촉하네'라고 읊조릴 수 있었다. 그러나 뒤의 것은 내일을 생각하며 비가 멎은 뒤에 상쾌해진 앞길을 예상하고 있다. 시골 아이들과 객관의 그림 등을 제시하면서 숙소의 풍경도 묘사하였다. 우리는 여기서 의령에서 중추를 보내면서 장인의 죽음을 추념하고, 내리는 비를 보면서 떠오른 여러 가지 생각들을 신번현 객관에서 읊조리고, 다시 비가 그친 후의 상쾌한 발걸음을 제시하며 희망을 예감하는 퇴계를 만나게 된다.

함안 지역

달과 나, 그리고 내 그림자
죽재와 삼우대

　‘죽재^{竹齋}’와 ‘삼우대^{三友臺}’는 퇴계의 종자형인 오언의의 아버지 서재이며 동시에 호다. 죽재는 이름이 오석복^{吳碩福, 1455~1533}으로 의령 현감을 지냈기 때문에 퇴계가 오의령^{吳宜寧} 혹은 의령오공^{宜寧吳公}이라 일컬었다. 오석복은 후곡^{後谷}이라고도 불리는 함안의 모곡^{茅谷}에 살았다. 지금의 경상남도 함안군 산인면 모곡리 갈밭이다. 의령 처가에 왔다가 동문이기도 한 종자형의 집을 방문한 퇴계는 오석복을 만나게 되었는데, 그는 퇴계에게 자신의 서재인 죽재에 대하여 시를 짓게 했다. 그리하여 퇴계는 다음과 같은 작품을 남긴다.

▶ 삼우대 현판

늦은 절개 수양으로 즐거움 넉넉한데,	晚節頤神樂有餘
매화 창 대나무 안석에 금서를 함께 하였네.	梅窓竹几共琴書
단지 백발일 뿐 얼굴은 소년과 같아,	但知白髮顏如少
인간세상에서 세월이 간다는 것을 믿지 못하겠네.	不信人間歲月除
푸른 옥 같은 수천 그루의 대나무 옅은	碧玉千竿匝翠微
비취빛을 둘렀는데,	
유월의 맑은 바람 창과 문을 깨끗이 하네.	淸風六月灑窓扉
물러나 한가로이 높이 누우니 다른 일 없고,	退閒高臥無餘事
벽에 가득한 책만이 스스로 둘려져 있네.	滿壁圖書自繞圍

앞의 시는 「모곡에 있는 오의령공의 죽재茅谷吳宜寧公竹齋」로 오석복의 명에 의해 지은 것이다. 여기서 '만절'이라 한 것은 의령 현감을 그만 두고 위기지학爲己之學을 하고 있는 오석복을 염두에 두었기 때문이고 그 분위기를 2구에서 제시하였다. 매죽梅竹과 금서琴書로 표현된 것이 그것이다. 그 사이에서 비록 백발이 되었지만 젊은 사람 못지 않게 수양에 열중인 오석복을 칭송하였다. 뒤의 작품 역시 마찬가지다. 대나무 사이를 건너오는 바람으로 창은 깨끗하고, 벽에 가득한 책을 읽

으며 한가롭지만 깊은 사색을 통해 자기 성찰을 하는 죽재의 주인을 드러냈다. 오석복은 삼우대도 가지고 있었다. 이에 대해서 퇴계에게 시 짓기를 권유했고 퇴계는 장편의 「오의령공삼우대吳宜寧公三友臺」라는 작품을 남긴다. 이 삼우대는 현재 영주시 휴천 3동에 복원되어 있

▲ 영주에 복원한 삼우대

다. 기문을 쓴 김휘준金輝濬에 의하면 주손 근호覲鎬 등의 합심으로 이 일이 이루어졌다고 한다. 퇴계의 삼우대 시는 이렇다.

오랜 세월 산림에 누워 나아가지 않으니,	長年臥不出
푸른 이끼가 문의 모서리까지 올라오네.	綠苔上門隅
이미 수레나 말의 시끄러움은 없으니,	旣無車馬喧
애오라지 고요하게 사는 사람의 무리가 되었네.	聊爲靜者徒
뜰 가운데 작은 대를 지으니,	中庭作小臺
내 벗들이 저절로 텅 비어 없다네.	我友自虛無
아득하고 고요한 보름 밤,	遙遙三五夜
교교한 달빛이 외로운 마음을 위로하네.	皎皎慰情孤
밝은 빛으로 바다에서 나와서,	粲然出海來
바람을 맞으며 옥 술병 기울이길 재촉하네.	臨風催玉壺
그윽하게 내 곁에 있어,	黶然在吾傍

쳐다보나 굽어보나 항상 함께 한다네.	俛仰與之俱
나와 더불어 세 사람이 되었으니,	倂我作三人
아름다운 기약 참으로 저버리지 못하네.	佳期良不渝
술을 드니 완연히 서로 마주한 듯하고,	擧酒宛相對
때에 맞추어 즐거움을 누린다네.	及時行樂娛
내가 마시면 달은 권하고,	我飮月爲勸
내가 취하면 그림자가 부축을 하네.	我醉影爲扶
인간 세상과 하늘이,	人間與碧落
있는 정을 모두 실어 나르네.	有情各盡輸
취하여 노래하고 또 춤을 추니,	酣歌且揮手
어느 것이 너이고 또한 나인가?	孰爲彼與吾
영원히 거스름 없는 벗이 되어,	永結莫逆友
말은 없지만 도는 이미 같다네.	無言道已符
봄꽃은 맑은 대나무에 비치고,	春花映淸竹
가을 이슬은 높은 오동에 떨어지네.	秋露滴高梧
여기서 애로라지 서로 만나게 되었으니,	玆焉輒相邀
참 즐거움이 어찌 정취를 달리하리?	眞樂豈異趣
세상 사람들은 마음대로 벼슬을 좇아,	世人恣徵逐
내가 우활한 벗을 사귄다고 의심한다네.	疑我取友迂
귀양 온 신선 이태백이 없었다면,	不有謫仙人
사람들은 내말을 거짓말이라 하겠지.	我言幾成誣

오석복은 서재의 이름을 '죽재'라 하고, 뜰 가운데 대를 만들어 '삼우대'라 하였다. 삼우대의 '삼우'는 이태백의 「월하독작月下獨酌」에서 취하였다. 즉 '잔을 들어 밝은 달을 맞이하고擧杯邀明月, 그림자 마주하니 세 사람이 되었네對影成三人'에서 '삼인'을 '삼우'로 변용하였던 것이

다. 퇴계는 이를 잘 알고 있었으므로 위의 시에
도 달과 오석복과 그림자가 세 벗이 됨을 강조
하였다. 특히 '내가 마시면 달은 권하고, 내가
취하면 그림자가 부축을 하네. 인간 세상과 푸
른 달, 있는 정을 모두 실어 나르네. 취하여 노
래하고 또 춤을 추니, 어느 것이 너이고 또한 나
인가?'라고 하면서 사물과 완전히 일치된 모습
을 보여주고 있다. 퇴계는 이러한 경지를, 공명
을 찾는 세속 사람들은 알 수 없는 것이라 했다.

사실 퇴계 스스로도 오석복의 죽재에서 달 떠
오르기를 기다려 술을 마시고자 했다. 그 때의
경험을 적은 것이 바로 「16일 오의령의 죽재에
서 달을 맞이하여 작은 술자리를 가짐十六日吳宜寧
竹齋對月小酌」이다. 16일은 1533년 2월 16일이다. 이때 퇴계는 창원에 있

▲ 이백

는 종자씨從姉氏의 수연壽宴에 참여하였다가 마산의 월영대를 유람하고
돌아왔다. 마산에서 함안으로 오는 도중에 비를 만났기 때문에 시에
서 이런 내용을 담았다. '뜰 앞에 자리를 펴고 달 떠오르길 기다렸다
가鋪席庭前待月來, 격조 높은 이야기 나누며 함께 술자리를 가졌네高談倂與
酒罇開. 어제 빼어난 놀이에 오히려 비를 맞았으니勝遊昨日猶嫌雨, 오늘 밤
맑은 감상을 즐기니 티끌이 모두 없어지는 듯하네淸賞今宵更絕埃'라 한
것이 그것이다.

망년지교를 보내며

오언의 묘갈

퇴계는 오언의를 특별히 좋아하였다. 숙부에게 같이 글을 배운 학연, 종자형이라는 혈연을 떠나 친구로서의 친밀감도 갖고 있었다. 이 때문에 오언의와 관련된 여러 편의 시가 있고 편지도 자주 주고 받았다. 퇴계가 처가 의령에 와있을 때 오언의가 거창을 갈 일이 있었다. 그 때 의령에서 퇴계와 함께 자고, 거창을 다녀오면서도 의령에 있는 퇴계에게 들러 봄을 함께 감상하였다. 지난 날 함안에 갔을 때는 오언의의 서재에 자면서 시를 짓기도 했다. 그 때 퇴계는 창문 밖으로 떨어지는 빗소리를 들으면서 친구의 정을 깊이 있게 느꼈었다. 다음은 오언의가 거창을 갔다가 돌아오는 길에 퇴계를 찾아 의령을 들렀을 때의 반가운 심정을 노래한 것이다. 그 반가움을 함께 해 보자.

봄바람 나를 속여 꽃 피는 것 저버리고,　　　東風欺我負花開
짐짓 꽃잎 한 조각으로 나는 향기를 보내오네.　故遣飛香一片回
참으로 술동이를 가져다 봄을 완상하고자 할 때,　正要呼樽賞春處
문 앞에 홀연히 옛 친구가 와 있네.　　　　門前忽有故人來

「인원이 안음으로부터 돌아옴仁遠還自安陰」이다. 인원은 오언의의 자이며, 안음은 안의의 옛 이름인데 거창이 한 때 여기에 소속되어 있었다. 당시 퇴계는 의령 처가에 있으면서 봄을 감상하고 있었다. 봄바람은 따뜻하지만 차고, 차면서도 따뜻하다. 이 과정에서 꽃은 봄 햇살을 맞으며 작년의 기억을 정확하게 되찾아 자신이 떠났던 자리에 새로이 선다. 퇴계는 날아드는 한 잎의 꽃과 그 향기를 통해 봄을 느꼈다. 그리고 술잔을 기울이며 그 정서를 더욱 증폭시키고 싶었다. 그 순간, 오인원이 문 앞에 나타난 것이 아닌가? 퇴계는 그 반가운 마음으로 위의 시를 지었던 것이다. 아마도 봄 꽃과 술과 친구가 함께 하는 자리는 봄 밤을 오래도록 녹였으리라.

그런데 1566년 12월 14일 오언의가 죽었다. 퇴계가 의령을 방문하여 봄 놀이를 하던 해로부터 30여 년의 세월이 흐른 뒤였다. 퇴계는 옛 일을 회상하며 눈물로 그의 묘갈명을 썼다. 「조산대부행전의현감오군묘갈명朝散大夫行全義縣監吳君墓碣銘」이 그것이다. 이 글의 서문에서 퇴

계는 '군의 부인 이씨는 훌륭한 행실이 있었으니, 우리 숙부 송재선생
松齋先生의 따님이다. 군은 젊어서 송재의 문하에서 수학하였다. 군은
이 때문에 예안으로 오곤하였는데, 인품이 명랑하고 인자하였으며 신
의를 소중히 여기고 담론과 해학을 좋아하였다. 그리하여 사람들은
사귐이 오랠수록 더욱 친밀하였다.'고 했다. 어릴 때 함께 절차탁마하
였으나 중년 이후로 거주하는 곳이 달라 이들은 서로 만날 수 없었다.
그러던 와중에 퇴계는 비보를 듣게 되었다. 묘갈명의 일부는 이렇다.

엄숙하신 송재의 문하에서 동문이 되어 앞뒤로 있었다네. 나는 벼슬할
나이가 되어 군과 망년지교를 맺었고, 의자를 마주하고 책상을 이어 책을
읽고 시를 외웠다네. 어찌하여 기쁨을 계속하지 못해 비처럼 흩어지고 구
름처럼 날아가서, 떠나고 머물며 벼슬길에 나아가 서로 피해
다니는 듯하였던고? 말년에 모두 물러났지만, 남북으로 길 아
득도 해라. 꿈 속에 혼만 아득히 그리워하며 서신으로만 서로
의 소식을 전하였네. 천리 먼 길 말 타고 온다는 약속 여러 번
이루기 어려웠는데, 군은 어이하여 한 번 병이 들어 갑자기
유명을 달리하는가?

▼ 송재 이우

퇴계는 여기서 오언의에 대한 진솔한 마음을 모두 쏟
아냈다. 텅 빈 산에 비석 하나로 남을 것이지만 친구는
그 옛 정으로 따뜻할 것이라 생각했는지도 모른다. 퇴계
는 오언의가 고을을 다스리는 능력도 있었다고 생각했
다. 전의현감全義縣監으로 제수되었을 때를 회상하면서,

‘마음을 다해 다스렸기 때문에 공사公私간에 모두 힘이 있게 되었다’
고 한 것이 그것이다. 전의현은 오언의의 아버지 오석복 역시 이곳을
부임해 다스렸으므로 부자가 함께 인연이 있는 땅이었다. 이 같은 실
무적 능력도 중요하지만 그의 마음을 가눌 수 없게 한 것은 바로 오
언의를 향해있는 퇴계의 애틋한 ‘정情’이었다. 주리학의 ‘리理’가 아니
었다. 그 ‘정’을 생각하면서 퇴계는 지금 눈물을 흘리고 있는 것이다.

마산 지역

달이 전하는 고운 선생의 마음
월영대

1533년 2월 15일, 퇴계는 마산의 월영대月影臺를 찾았다. 나흘 전에 종자형 오언의의 집이 있는 함안을 들렀다가 이날 종자형 부자 및 창원의 조윤구曺允懼 등과 함께 갔다. 조윤구는 또 다른 종자형 조효연曺孝淵의 아들인데, 조효연은 이미 별세하고 난 뒤였다. 퇴계보다 나이가 15살이 많았지만 숙부 송재공에게서 함께 공부를 했고, 10년 전에도 방문하여 만난 적이 있었는데 이미 그는 저세상 사람이 되어 버렸다. 죽음은 참으로 닫혀버린 문과 같은 것이었다. 그의 웃음 그의 말소리를 이제는 다시 볼 수도 들을 수도 없기 때문이다. 다만 그의 아들들을 통해서 이를 희미하게 떠올릴 뿐이었다.

월영대는 마산의 경남대학교 정문을 나와서 오른쪽에 있는 육교를 건너 조금만 올라가면 도로변에 위치해 있다. 행정구역상으로는 경남 마산시 해운동에 속하며, 경상남도기념물 제125호로 지정되어 있다. 이곳은 원래 고운 최치원의 유적으로 유명하다. 전언에 의하면 최치원이 신라가 망하는 것을 보면서 남해를 떠돌다가 이곳에 들러 제자를 가르쳤다고 한다. 이후 다시는 세속에 나타나지 않겠다는 「입산시入山詩」를 짓고 가야산으로 들어갔다는 것이다. 최치원의 유적이니 역대로 시인 묵객들은 이 월영대를 많이 방문하였다. 일종의 문학순례지가 되었던 셈이다. 고려말 조선초의 문신 쌍매당雙梅堂 이첨李詹, 1345~1405은 월영대에서 이런 시를 지었다.

▲ 마산의 월영대 표석

우뚝한 저 두척산이여!	蔚彼斗尺山
검푸른 빛이 구름 끝에 비껴있네.	黛色橫雲表
동남쪽은 큰 바다에 닿아 있고,	東南壓滄溟
안개비에 저절로 흐렸다 개였다 하네.	霧雨自昏曉
옛날 고운선생은,	伊昔孤雲仙

숲 끝에 집을 지었다네.	結搆遠林杪
월영대를 거닐고 있노라니,	逍遙月影臺
정기와 가을 하늘이 함께 아득하네.	氣與秋天杳
옛 일은 동쪽을 따라 흘러갔으나,	往事逐東流
사람의 마음은 끝나지 않네.	斯人心未了
나는 여기 와서 반갑게 마주하여,	我來對蒼顔
근심스런 이 마음을 위로한다네.	慰此心悄悄
굽어보고 우러러 보며 고금을 생각하며,	俯仰成古今
눈길 다하도록 나는 새를 보낸다네.	極目送飛鳥

▲ 월영대비각 현판

두척산斗尺山은 마산 무학산의 다른 이름이다. 월영대가 무학산 기슭에 있으니 이첨은 '우뚝한 저 두척산이여!' 라며 부를 수 있었다. 이첨도 여기서 최치원을 떠올렸다. 작품 속에서 그의 집이라 한 것은 월영대를 의미한다. 이곳이 무학산 기슭이니 '옛날 고운선생은 숲 끝에 집을 지었다'고 하였다. 월영대를 거닐면서 바라본 아득한 정기와 가을 하늘, 그리고 옛날 일은 모두 흘러가버렸지만 그를 향하는 사람의 마음, 즉 역사적 추억은 여전히 끝나지 않았다는 것을 강조한다. 이첨은 월영대에서 최치원은 아직 살아 있다고 믿었다. 그를 그리워하는 우리들 마음이 살아 있기 때문이다.

쌍매당 이첨 외에도 월영대에 대한 제영을 많은 사람들이 남겼다. 근재謹齋 안축安軸, 사가四佳 서거정徐居正, 용헌容軒 이원李原, 삼탄三灘 이승소李承召, 매계梅溪 조위曺偉, 우정憂亭 김극성金克成, 임당林塘 정유길鄭惟吉 등 수 십여 명의 문인들이 바로 그들이다. 택당澤堂 이식45)李植 역시 이곳을 찾아 월영대에 대한 제영을 읊었는데, 그도 최치원을 생각하면서, '고운이 머물던 곳 찾을 길 없고孤雲無處所, 누대의 밝은 달만 예전처럼 비춰 주네明月只亭臺'라고 했다. 최치원의 유적이면서 대의 이름이 '월영'이니 이렇게 노래했을 것이다. 퇴계 역시 월영대에서 주목한 것은 최치원과 달이었다.

▲ 월영대의 최치원 추모비

늙은 나무 기이한 바위 푸른 바닷가에 있고,　老樹奇巖碧海堧
고운선생 노닐던 자취 모두 연기처럼 스러졌네.　孤雲遊跡總成烟
지금은 오직 높은 대에 떠오른 달만이 있어,　只今唯有高臺月
그 정신을 남겨 나에게 전해 주네.　留得精神向我傳

퇴계가 월영대에서 본 것은 늙은 나무, 기이하게 생긴 바위, 푸른 바다였다. 이것을 벗하며 최치원 역시 노닐었을 것이나, 그는 현재 아득한 고인이 되었을 뿐이었다. 그러나 달을 통해 최치원을 만날 수

▲ 동백섬의 최치원상

있었다. 달은 누군가를 그리워하게 한다. 저 이태백은 '고개를 들어 산 위에 떠오른 달을 보고擧頭望山月, 고개를 숙여 고향을 생각低頭思故鄕', 하였고, 퇴계는 높은 대에 떠오른 달을 보면서 최치원을 생각했다. 퇴계는 최치원의 정신이 자신에게로 전해진다고 했다. 어떤 정신인지 분명치 않으나 퇴계는 최치원이 느꼈던 지식인의 고뇌를 생각했는지도 모를 일이다.

월영대에는 최치원의 추모비가 비각 안에 있다. 동쪽에는 유허비가 있고, 또한 '월영대'라고 쓴 돌이 동북쪽에 있다. 해서체로 쓰여진 이 글씨를 세상에서는 최치원의 친필이라 한다. 현재 최치원의 친필로 알려진 수많은 각석이 있다. 지리산 삼신동三神洞과 세이암洗耳巖, 쌍계雙磎와 석문石門 등도 모두 최치원의 글씨라 한다. 이것을 고증할 길이 없지만, 최치원의 글씨라고 믿는 사람에겐 더욱 신비감을 조장한다. 믿음이란 참으로 묘한 물건이 아닐 수 없다.

유쾌한 등산, 알 수 없는 슬픔

코바위

비암은 속칭 코바위다. 이 바위는 무학산[두척산] 서쪽 기슭 대밭골 위에 있다. 우뚝 서있는 모습이 부처를 닮았다 하여 부처바위라 하기도 하고, 멀리서 바라보면 사람의 코와 같이 생겼다 해서 코바위라 부르기도 한다. 퇴계는 1533년 3월 20일 오언의, 조효연의 아들 윤신과 윤구 등과 함께 이 바위를 찾았다. 뒷날 부처바위라 일컬었는지는 모르겠지만 당시는 코바위라 했는 듯하고, 따라서 퇴계는 이들과의 산행을 기념하기 위하여 두 수의 시를 지었다. 다음이 그것이다.

그대들과 함께 마음대로 봄산을 밟으며,	共君隨意踏春山,
푸른 산 사이를 걸어가니 싫지가 않네.	不厭行穿翠巒間.
함께 산 속을 향해 절경을 얻었으니,	會向山中得奇絶,
맑은 물과 흰 돌에 얼굴이 활짝 펴지네.	淸泉白石好開顔.

평평한 반석은 손바닥 같고,	盤石平如掌
맑은 물은 뱀처럼 흘러가는구나.	淸泉走似蛇
시를 읊조리며 풀 돋은 시내 찾고,	吟詩尋澗草
술을 들고서 산 꽃을 묻노라.	携酒問山花
저문 봄 나그네는 괴롭게 읊나니,	春晚羈吟苦
구름 흐르는 저녁 풍경 멋있구나.	雲移暮景多
귓가에선 산새들이 지저귀는데,	耳邊山鳥語
시끄러운 소리에 시름을 어이할까?	嗍唶奈愁何

앞의 작품은 「이 날 인원仁遠·경중敬仲·성중誠仲과 함께 산보로 코바위에 이르렀다是日與仁遠敬仲誠仲散步至鼻巖」이다. '이 날'이라 한 것은 1533년 3월 20일을 의미하고, '인원'은 종자형 오언의의 자이고, '경중'은 종자형 조효연의 둘째 아들 윤구允懼의 자, '성중'은 첫째 아들 윤신允愼의 자이다. 이들과 함께 코바위를 향하여 산보하였는데, 그 때의 심경을 퇴계는 이 작품에 고스란히 담았다. 푸른 산 사이에서 즐겁게 이야기를 나누며 지나가는 모습이 1구와 2구에 선연하고, 우뚝 솟은 코바위 주위의 경치에 얼굴이 활짝 펴지는 모습이 3구와 4구에 여실하다. 퇴계 일행의 즐거운 봄 등산을 바라보면서 우리 역시 유쾌해지는 것을 깨닫게 된다.

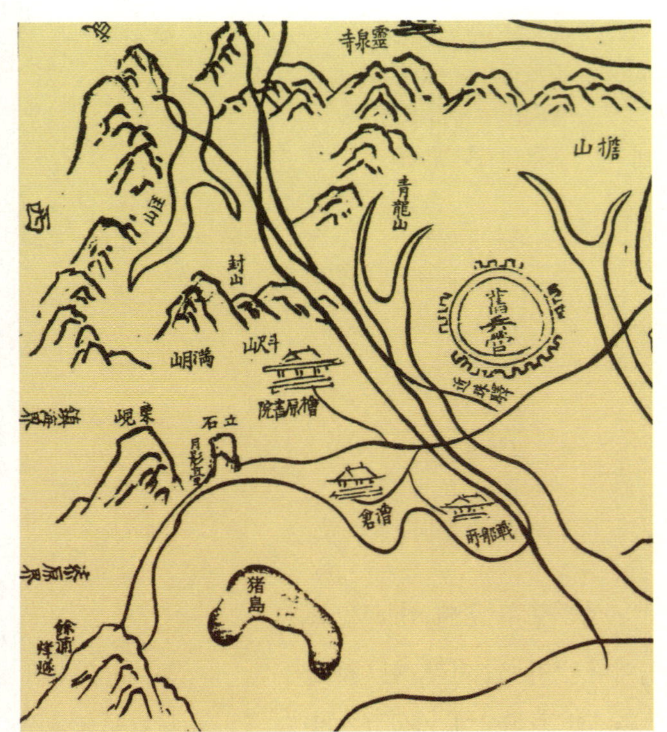

▲ 창원 고지도 '두척산' 부근

뒤의 작품은 「비암에서 함께 논 사람들에게 보임鼻巖示同遊」이다. 여기에 와서는 앞의 작품과 그 분위기가 사뭇 다르다. 반석 위에서 보니 맑은 샘물이 뱀과 같이 흘러가고 있었고, 술을 마시며 시를 통해 시냇가의 풀과 산에 핀 꽃을 노래한다. 퇴계는 이 같은 훌륭한 경치 속에서 어떤 존재론적 비애감을 느낀다. 역설적이게도 경치가 아름다우면 아름다울수록 슬픔이 안으로부터 일어나는 것과 같은 원리이다. 이 때문에 그의 읊조림은 '괴로움'일 수밖에 없었고 귓가에 들려오는 산새 소리에서도 '근심'이 묻어나고 있었다. 이 때문에 퇴계의 시는 오히려 깊이가 있다. 퇴계는 지금 존재의 기쁨과 그 슬픔을 코바위의 아름다운 정경 속에서 절감하고 있는 것이다.

진주 지역

비 소리로 듣는 그대의 시

법륜사

　　퇴계가 의령 처가에 있는데 강공저姜公著로부터 편지가 왔다. "가까운 의령에 와 있으면서 봄 석 달이 이미 지나가려고 하는데 소식도 없는가"라며 책망하는 내용이었다. 이들은 강응규姜應奎와 함께 중종 23년1528에 동방급제를 한 인연이 있는 인물들이었다. 이에 퇴계는 이들과 법륜사法輪寺에서 만나기로 하고 길을 나섰다. 법륜사는 월아산月牙山 동쪽에 있었다. 월아산은 달엄산이라는 순우리말의 한자식 표기다. 달을 보면서 어금니를 연역해내는 민중의 상상력, 참으로 위대하다. 1533년 3월 26일, 퇴계는 강공저와 강응규를 방문하기 위하여 법륜사로 가면서 이런 시를 지었다.

대나무 있는 인가는 고요하고,	有竹人家靜
꽃나무 없는 봄 일은 한적하네.	無花春事空
정공이 살던 집 예스럽고,	鄭公居宅古
강씨의 표려문은 높기도 하지.	姜氏表門崇
길은 푸른 구름 속으로 나 있고,	路入靑雲裏
사람은 푸른 산 속에 산다네.	人居碧嶂中
저물녘에 가랑비 내려,	廉纖晩來雨
나에게, 게으르고 배고픈 종을 재촉케 하네.	催我倦飢僮

　　법륜사로 가는 길에 인가가 있었던 모양이다. 그 집 주위에는 대나무가 있었고, 아직 꽃은 피지 않아 봄의 풍경이 한적하였다. 함련의 정공은 '정언보^{鄭彦輔, 1477~1520}'를 가리키는데, 다름 아닌 퇴계의 제자인 정사신^{鄭士信}과 정사성^{鄭士誠}의 조부였다. 정언보의 옛집과 강씨의 정문을 보고, 푸른 구름 속으로 나 있는 오솔길도 보았다. 종에게 나귀를 몰게 하고 법륜사를 찾아가고 있는데 저물녘이 되어 가랑비가 내린다. 이에 퇴계는 종에게 빨리 가자며 길을 재촉한다. 이렇게 하여

▶ 두방사 현판

도착한 법륜사, 그런데 거기에 친구들이 없었다.

<table>
<tr><td>한 통의 편지를 전한 것이 언제던가?</td><td>一紙相傳知幾時</td></tr>
<tr><td>월아산 절에서 이미 약속 있었네.</td><td>月牙僧舍有前期</td></tr>
<tr><td>나그네 꿈 봄 석 달을 격했다고 혐의하지 말게나,</td><td>莫嫌羈夢三春隔</td></tr>
<tr><td>단지 즐겁게 하룻밤을 더디게 보내길 바란다네.</td><td>但願淸歡一夜遲</td></tr>
<tr><td>조랑말은 길을 잃고 지쳐 걷고,</td><td>迷路倦行惟款段</td></tr>
<tr><td>사미승만 문을 나와 웃으며 맞이하네.</td><td>出門迎笑只沙彌</td></tr>
<tr><td>등잔불 돋우고 홀로 누워 있노라니 서창에 비 때리고,</td><td>挑燈獨臥西窓雨</td></tr>
<tr><td>도리어 낭랑하여 그대의 시를 듣는 듯하네.</td><td>還似琅琅聽子詩</td></tr>
</table>

수련에서 편지로 월아산 산사에서 만나고자 했던 사정을 적었다. 그리고 함련에서는 편지의 내용을 생각했다. 강공저가 의령에 와 있으면서도 소식이 없다며 퇴계에게 책망했기 때문이다. 이때 퇴계는 길을 잘못 들어 월아산 서쪽 금산金山 쪽으로 갔다. 이 때문에 경련에서 '미로迷路'라 하였던 것이다. 이처럼 고생하면서 법륜사를 찾아갔는데 마침 친구들이 없었다. 사미승만이 문을 나와 웃으며 맞이할 뿐이었다. 퇴계는 하는 수 없이 그 절에서 혼자 묵었고, 등잔의 심지를 돋우며 빗소리를 듣고 있노라니 그 빗소리가 친구들이 읊조리는 시 같았다. 빗소리를 통해 감지하는 친구들의 시 읊조리는 소리, 우리는 여기서 다시 한 번 퇴계의 문학적 감수성을 읽을 수 있게 된다.

다음 날 아침이 되니, 강공저·강응규·정두 등이 와서 함께 놀고 또 함께 잤다. 그리고 그 다음 날에는 강공저와 함께 곤양으로 가면

▲ 법륜사 청석탑과 두방사 무량수전

서 강응규·정두와는 이별을 하였다. 퇴계가 이틀 밤을 묵은 법륜사는 신라시대에 지은 고찰이라 한다. 거기에 있었다는 다층석탑이 유명하다. 물론 퇴계도 그의 육안으로 보았을 것이다. 이 석탑은 현재 인근의 두방사杜芳寺에 옮겨져 있다. 임진왜란을 거치면서 법륜사는 불에 타 폐허가 되었는데, 그 폐사지에 탑만 전해져 오다 일제강점기에 그것을 두방사로 옮겼다고 한다. 이 탑은 석재가 푸른색을 띠기 때문에 청석탑으로 불리는데, 전문가들은 탑의 여러 양식을 고려해 볼 때 고려시대의 것이라 한다.

모였다 흩어지고, 살고 죽고

청곡사

　지금 진주시 금산면 금호정琴湖亭 앞에는 '퇴계선생유적비'가 있다. 그 비의 뒷면에는 바로 퇴계의 「과청곡사過靑谷寺」가 새겨져 있다. 이 시에 대하여 이야기 해보자. 청곡사는 퇴계가 가고 싶어 간 절이 아니다. 월아산 동쪽에 있는 법륜사로 간다는 것이 길을 잘못 들어 월아산 서쪽 금산 쪽으로 들어가게 되었던 것이다. 거기서 만난 것이 바로 청곡사였다. 그러나 이 청곡사 역시 퇴계와는 각별한 인연이 있었다. 송재 이우가 진주목사로 있을 때 퇴계의 셋째 형 이의李漪와 넷째 형 이해李瀣가 그를 따라가 공부한 곳이었기 때문이다. 형들이 숙

▲ 청곡사 일주문

부를 따라 진주의 청곡사에 가서 공부할 당시 퇴계는 7세였다. 다음은 『퇴계선생연보』7세 조와 당시 청곡사를 지나면서 지은 퇴계의 시이다.

송재공께서 진주목사로 있었는데 둘째 형과 넷째 형이 공을 따라갔다. 선생은 형제가 멀리 떨어져 있는 것을 안타깝게 말하곤 하였다. 이를 듣고 모부인이 말씀하시기를, "자식된 도리는 마땅히 글공부에 힘써야 하는 법이다. 너의 형들은 그렇게 하기 위하여 갔는데, 어찌하여 형제간에 떨어져 있는 괴로움만을 생각하느냐?"고 하였다. 이로부터 선생은 더욱 글공부에 힘써서 이를 게을리 하지 않았다.

금산 지나가는 길 저물녘에 비를 만났다네,	金山道上晚逢雨
청곡사 앞에 차가운 샘물 쏟아진다네.	青谷寺前寒瀉泉
우리 인생 눈이나 진펄 위에 찍힌 기러기 발자국 같아,	爲是雪泥鴻跡處
죽고 살고 헤어지고 만나는 일 생각하니 눈물이 나네.	存亡離合一潸然

앞의 글은 『퇴계연보』의 일부다. 형을 진주로 보내고 퇴계는 형제끼리 서로 헤어져 있는 것을 몹시 서운하게 생각했다. 이에 퇴계의

어머니는 형제간에 헤어져 있는 괴로움보다 더욱 중요한 것은 열심히 글공부를 하는 것이라 타일렀다. 어머니의 이 같은 훈도 덕분으로 퇴계는 더욱 열심히 공부했다고 했다. 퇴계는 이 같은 어린 시절의 기억을 떠올리며 청곡사를 지나게 되었고, 또한 「청곡사를 지나며過靑谷寺」라는 시를 지었다. 바로 뒤의 작품이다. 여기서 퇴계는 존망의 문제를 사유하며 인생을 깊게 성찰하게 된다.

▲ 퇴계선생유적비

퇴계가 청곡사를 지나며 시를 남길 때는, 그의 형들이 청곡사에서 글을 읽던 시절로부터 27년이 지난 뒤였다. 당시 셋째 형 이의는 1년 전에 세상을 떠났고, 넷째 형 이해는 조정에서 벼슬을 하고 있으니 만나기가 어려웠다. 이 때문에 그는 3구에서 인생을 눈이나 진펄 위에 잠시 찍혔다 사라지는 기러기 발자국과 같은 것이라 했고, 죽기도 하고 헤어지기도 하였으니 4구에서는 존망과 이합을 생각하였던 것이다. 청곡사는 역대로 진주의 선비들이 많이 유람하던 곳이었는데, 진주시 수곡면 대각마을에 살았던 각재覺齋 하항河沆, 1538~1590도 마찬가지였다. 다음 작품을 들어보자.

옛날 돌아가신 아버지께서 오셔서 노닐던 이곳,　　　先人昔日此來遊
그 발자취 어느 물가 언덕인지를 응당 찾는다네.　　　蹤跡應尋某水邱
인간사 지금까지 몇 번이나 변하였던고?　　　　　　人事如今知幾變
고아의 눈에서 흐르는 두 줄기 눈물 참지 못하겠네.　孤兒不耐淚雙流

각재 하항은 남명 조식의 제자이다. 남명에게 『소학』과 『근사록』

▶ 청곡사 대웅전

등을 배웠으며, 남명이 그에게 '나의 벗'이라고 하거나 '내가 인재를 얻어 가르친다'라며 극찬하였다고 하니 그 허여함이 무거웠던 모양이다. 하항은 아버지 하인서河麟瑞, ?~1569가 노닐던 청곡사를 다시 찾았는데, 돌아가신 아버지 생각이 간절하였다. 아버지께서 보고 감탄하시던 산천, 아버지께서 앉아서 쉬시던 바위, 아버지께서 거닐던 시냇가 등을 볼 때 아버지 생각이 더욱 간절하였다. 인사人事는 변하여 아버지는 돌아가시고, 세상에 홀로 남은 고아는 두 줄기의 눈물이 그칠 줄을 모른다. 퇴계가 인생의 허무와 '존망이합'의 비애감을 느낀 것도 모두 같은 이치였다.

청곡사에 가려면 남해고속도로를 타고 진주 방면으로 가다가 문산

IC에서 내려 조금 직진하다 보면 나오는 오거리에서 청곡사 방면이라는 안내표지를 따라 첫 번째 삼거리에서 우회전하여 조금 가면 된다. 이 절은 신라 49대 헌강왕 5년879 도선국사道詵國師가 창건했다고 한다. 이 절 역시 임진왜란 때 불탔는데, 광해군 때 복원하여 오늘에 이른다. 대웅전은 경남에서 가장 오래된 건물로 유명하다. 이 건물의 형식은 단층 팔작지붕으로 정면 3칸, 측면 2칸으로 되어 있다. 이곳에 있는 '영산회 괘불탱'과 '목조제석천·대범천의상' 등은 모두 보물로 지정되어 있으며, 대웅전, 업경전業鏡殿, 괘불함掛佛函, 3층석탑, 목조금강역사상, 영산회상도 등은 모두 경상남도 유형문화재로 지정되어 있다.

미소로 굽어보는 남강의 모래톱

촉석루

1533년 3월 28일, 퇴계는 진주 법륜사에서 같이 묵었던 강응규·정두와 이별하고 강공저와 함께 곤양으로 들어간다. 관포 어득강을 만나기 위해서였다. 가는 도중에 남강 가에 있는 촉석루矗石樓를 지났다. 하륜46)河崙, 1347~1416은 여기에 기문을 써서 누각의 중요성을 언급하였다. '누정을 짓는 것은 정치하는 사람의 나머지 일이다. 그러나 한 누의 일어남과 황폐한 것으로서 한 고을의 인심을 알 수 있고, 한 고을의 인심으로 인하여 한 시대의 세도를 알 수 있다. 그러하니 어찌 나머지 일이라 하여 하찮게 여길 것인가?'라고 한 것이 그것이다. 이

처럼 누정은 정치를 함에 있어서도 중요하지만 역대의 문사들은 여기
서 수많은 풍월을 읊었다. 퇴계의 숙부 송재 이우도 그 가운데 한 사
람이다.

서쪽으로 지리산과 이어져 참으로 선경이라,	西連方丈眞仙區
기이한 경치는 동쪽 강북의 누에 다 있네.	奇勝東輪江北樓
구름은 길이 봉악에 머물러 있고,	雲物長留鳳嶽在
번화함도 청천 따라 흐르지 않네.	繁華不逐菁川流
3년 동안 풍월 두고 천 수의 시를 지었고,	三年風月做千首
한 번 웃으니 신세와 이름이 모두 헛 것인 것을.	一笑身名知兩浮
대궐 향할 한 쌍의 오리가 그리 멀진 않지만,	向闕雙鳧不多遠
꿈 속에도 묘연하니 중주가 아득해라.	夢魂渺渺迷中州

일찍이 이우는 진주목사를 역임한 적이
있다. 당시 이우는 촉석루에 올라 허침[47]
許琛, 1444~1505의 시운에 따라 위의 시를
지었다. 『신증동국여지승람』 「진주목」 누
정조에 의하면, 허침뿐만 아니라 유호인[48]
俞好仁, 1445~1494도 이 운을 사용하였다.
이우는 촉석루에 걸려 있는 이들 시를 보
면서 차운을 하였던 것이다. 여기서 그는

▲ 촉석루

먼저 촉석루의 지리적 위치를 이야기했다. 서쪽으로는 지리산과 이어
지고 강의 북쪽에 누각이 위치한다고 한 것이 그것이다. 그리고 이

촉석루에 올라 3년 동안 수많은 시를 지었고, 그것이 모두 공허하다
는 것도 깨달았다. 아득히 흘러가는 남강의 물줄기를 보면서 그렇게
생각했던 것이다. 퇴계 역시 물끄러미 강 가의 모래톱을 보면서 숙부
의 시운을 따라 밟았다.

강호에 떠돈 지가 며칠이나 되었나?	落魄江湖知幾日
시 읊으며 다니다가 때로 높은 누각에 오르네.	行吟時復上高樓
공중에 마음대로 날리는 비 일시에 변하는데,	橫空飛雨一時變
눈에 들어오는 긴 강은 만고에 흐르는구나.	入眼長江萬古流
지난 일 아득한데 깃든 학은 늙어가고,	往事蒼茫巢鶴老
나그네 회포 어지러운데 들 구름이 떠오르네.	羈懷搖蕩野雲浮
번화한 것은 시인의 생각과 관계없나니,	繁華不屬詩人料
한 번 웃으며 말없이 푸른 모래톱 굽어보네.	一笑無言俯碧洲

퇴계는 오랫동안 남도여행을 했기 때문에 수련에서 '강호에 떠돈
날이 며칠이나 되었나'라고 하면서 누각에 올라 시 짓는 일에 대하여
말하였다. 함련에서는 시선을 위로 이동시켜 변화무쌍한 하늘을 보고,
다시 아래로 이동시켜 변치 않고 흐르는 강물을 주시하였다. 여기서
퇴계는 촉석루에서 있었을 법한 아득한 옛 일, 나그네의 회포 등을
떠올리며 가늠할 수 없는 심정을 제시한다. 경련이 그것이다. 그리고 번
화한 것은 시인과 관계없는 것이라며 웃으면서 조용히 남강의 모래톱
을 내려다 보았다. 특히 숙부 이우의 촉석루시에서 사용한 '번화繁華'
와 '일소一笑' 등의 용어를 그대로 사용하면서 시상을 계승하고 있어,

숙질간의 어떤 문학적 교감을 감지하게 한다. 퇴계의 시는 뒷날 면암

勉庵 최익현49)崔益鉉, 1833~1906이 다시 주목한다.

진양의 삼절사는 청사에 드리웠고,	晉陽三節垂青史
객지의 맑은 향취는 이 누각에 있네.	寓地清芬有此樓
나라의 충신은 별이 북극을 향함과 같고,	社稷貞忠星北拱
조종의 대의는 물이 동으로 흐르는 것과 같네.	朝宗大義水東流
높은 난간은 돌을 딛고 서늘한 기운은 움직이고,	層欄壓石微凉動
넓은 들은 하늘에 닿아 푸른빛이 떠 있구나.	曠野連天積翠浮
예부터 이곳엔 군사 쓰기 어려워,	從古用兵多不效
긴 노래 한 곡조 꽃다운 물가를 대했구나.	浩歌一曲對芳洲

최익현은 촉석루에서 퇴계 시를
보고 위와 같이 차운하였다. 그러
나 시적 발상은 퇴계와 전혀 다른
것이었다. 그도 그럴 것이 퇴계 시
대와 면암 시대 사이에는 진주성
을 둘러싸고 왜적과 벌인 엄청난
전쟁이 있었기 때문이다. 진주성
싸움은 1·2차로 나누어 진행되었
는데, 제1차 싸움은 임진왜란의 3

▲ 촉석루와 남강

대첩三大捷 중의 하나로 꼽히는 진주성대첩이며, 제2차 싸움은 의기義妓

논개論介의 죽음으로 많이 알려져 있다.

▶ 촉석루의 '영남제일형승' 현판

퇴계가 촉석루에 올라 호젓하게 시상을 떠올리며 무심히 내려다보던 푸른 모래톱, 최익현은 그렇게 바라볼 수만은 없었다. 장렬히 나라를 위해 싸우다 전사한 구국의 용사들이 생각났기 때문이다. 삼장사三壯士를 떠올린 이유도 바로 여기에 있다. 삼장사에 대한 이설이 많지만 여기서는 거론하지 않는다. 다만 퇴계의 제자 학봉鶴峯 김성일金誠一, 1538~1539이 초유사50)招諭使로 내려왔을 때, 조종도趙宗道 · 곽재우郭再祐 등과 함께 촉석루에 올라 지은 다음의 절구 한 수를 제시하며 세 장사를 추억해 본다.

촉석루 위에 올라 있는 세 장사,　　　　　　　　矗石樓中三壯士
한 잔 술로 웃으면서 긴 강물을 가리키네.　　　　一杯笑指長江水
긴 강물은 밤낮으로 쉬지 않고 흘러가니,　　　　長江之水流滔滔
물 마르지 않는 한 우리 넋도 죽지 않으리.　　　　波不渴兮魂不死

사천 지역

시 짓는 신선이 사는 곳

곤양

퇴계가 여러 번 남도여행을 하였지만, 1533년에 있었던 세번째 여행은 관포 어득강의 초청에 의해 이루어졌다. 퇴계는 이 해 3월 28일 진주의 촉석루를 거쳐 사천의 곤양으로 들어갔다. 이미 언급하였듯이 관포는 해학과 농담을 잘 하였다고 한다. 국문소설 「어득강전」이 속이고 속는 이야기를 중심으로 향반층의 현실비판을 그리고 있는 것도 어쩌면 그의 성격과 관련이 있는지도 모른다. 그는 성격이 소탈하였기 때문에 나이에 상관없이 사람들과 사귀었고, 수많은 이야기를 설화공간에서도 생성시킬 수 있었다. 『어우야담』에 전하는 관포 이야기를 잠시 소개해 보기로 하자.

어득강이 일찍이 밤을 타 밖에 나가자 임금이 사람을 시켜 횃불을 들고 가서 그를 발로 차게 했다. 이 때문에 득강이 거의 넘어질 뻔하다가 다시 일어나서 말했다. "불현자가 수유차나 불락이라(不賢者雖有此不樂)" 방언에 불을 밝히는 것을 '불현(不賢)다'라 하고, 차는 것을 '차(此)다'라고 하며, '낙(樂)'과 '낙(落)'은 음이 같다. 그가 골계에 신속한 것이 이와 같았다.

'불현자, 수유차, 불락'은 『맹자』 「양혜왕」의 한 구절이다. 맹자가 양나라 혜왕을 찾아뵈었을 때, 왕은 연못가에 서서 고니와 사슴 등 갖가지 새들과 짐승들을 바라보면서 '현자賢者들도 이런 것들을 즐깁니까?'라고 했다. 이에 맹자가, '현자라야만 이런 것들을 즐길 수 있습니다. 현자가 아니면 비록 이런 것들을 가지고 있다 하더라도 즐길

▶ 곤양 고지도

수 없습니다.不賢者雖有此不樂’라고 했다. 이에 관포는 ‘불을 밝힌 자가 비록 차더라고 넘어지지 않는다’라면서 『맹자』의 구절로 응수하였다. 그의 해학과 재기가 참으로 발월하다고 하겠다.

어쨌든 관포는 해학이 뛰어났고, 퇴계를 만나서도 여러 가지 재미있는 이야기를 하였을 것임에 틀림이 없다. 관포는 1532년 흥해군수興海郡守로 있으면서 동주도원東州道院을 만들고 그 자신 「동주도원십육절東州道院十六絶」을 지었다. 그리고 여러 사람들에게 차운을 부탁했는데, 관포가 곤양군수로 옮겨와 퇴계를 초빙해 놓고 역시 차운시를 부탁했다. 퇴계는 관포의 이 작품을 훌륭하게 생각했다. 그리고 「곤양에서 어관포의 「동주도원십육절」을 차운함昆陽次魚觀圃東州道院十六絶」이라는 시를 지었다. 퇴계는 생각했다. ‘곤양이 흥해보다 못하지 않으니 도원을 곤양에 옮겨 놓아도 되겠다’고 이 같은 생각으로 시를 지었는데 몇 수만 들어보자.

<table>
<tr><td>이미 동해에서 남해로 이르니,</td><td>已從東海臨南海</td></tr>
<tr><td>하늘 신선 원하지 않고 땅 신선 되었네.</td><td>不願天仙作地仙</td></tr>
<tr><td>바로 공의 마음에 속이려는 마음 적어,</td><td>最是公心機事少</td></tr>
<tr><td>갈매기도 가는 곳마다 사람 앞으로 날아오네.</td><td>海鷗隨處近人前</td></tr>
<tr><td></td><td></td></tr>
<tr><td>신선 사는 방장산이 경내를 높이 누르고,</td><td>方丈仙山高壓境</td></tr>
<tr><td>중간에는 훌륭한 집과 누각이 어우러져 있네.</td><td>中間玉室與瓊樓</td></tr>
<tr><td>단사를 만들던 구루와 인연이 없지만,</td><td>不緣句漏丹砂地</td></tr>
<tr><td>바닷가에서 시 짓는 신선을 찾을 수 있네.</td><td>能得詩仙瘴海頭</td></tr>
</table>

월영대 앞은 소라껍질로 바다의 얕음을 알 수 있고,　月影臺前螺測淺
법륜사 밖은 대나무 대롱으로 엿보기 어렵다네.　　法輪寺外管窺難
공을 따라 바다가 넓다는 것을 비로소 알고자 하여,　從公始識滄溟闊
바닷가의 산을 높이 오르려 마음을 먹네.　　　作意高攀海上山

첫 번째 작품은 제1수이다. 흥해군수에서 곤양군수로 옮겨온 것을 염두에 두고 지었다. 퇴계는 관포가 기심機心, 즉 속이려는 마음이 없기 때문에 남쪽에 와서도 '도원道院'을 생각한다고 하였다. 두 번째 작품은 제6수이다. 지리산이 가까이 있어 신선이 사는 훌륭한 집과 누각이 어울려 관포가 바로 시선詩仙이라 하였다. 훗날 퇴계는 「관포시집발觀圃詩集跋」을 써서 과연 그의 시를 드높인 적이 있다. 세 번째 작품은 제10수이다. 마산의 월영대와 진주의 법륜사와 비교해 볼 때 관포가 머무는 곤양이 더욱 훌륭하다는 것이다. 이에 따라 퇴계는 관포를 따라 남산에 올라 먼 바다를 보고자 했다.

퇴계는 곤양이 신선이 사는 땅이라 생각했고 관포가 그에 합당한 사람이라 여겼다. '땅의 신선', '시 짓는 신선', '별천지', '선

▼ 쌍계사 일주문

약, '방장산의 여러 신선', '무심한 남곽자', '쌍계사의 신선경' 등 허다한 용어들이 모두 신선과 신선의 세계를 나타내는 것이다. 그리고 관포야말로 그 세계를 영위할 수 있는 사람이라고 여겼다. 마침 곤양은 치우쳐 있기 때문에 관가의 일도 없고, 매화를 심어 놓고 신선처럼 한적한 삶을 즐길 수 있을 것이라 했다. 우리는 여기서 퇴계문학 전반에 포진하고 있는 신선세계와 자연친화적 태도가 퇴계의 젊은 시절부터 진지하게 싹트고 있었던 점을 이해하게 된다.

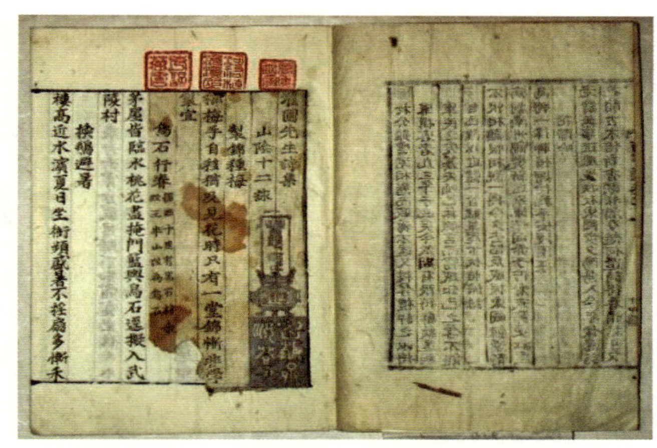

▲ 관포 어득강 시집

밀물과 썰물, 그 알 수 없는 원리

까치섬

우리말 '까치섬'은 '작도鵲島'를 의미한다. 까치가 많이 서식하여 그렇게 이름을 붙인 듯하다. 원래 섬이었을 터인데 현재는 간척 사업으로 평야가 되었으니 섬과는 전혀 관계가 없다. 벽해碧海가 상전桑田이 된 것이다. 까치섬에는 작도정사鵲島精舍가 있는데, 곤양에서 2㎞ 남짓의 거리에 위치하고 있고, 행정구역상으로는 사천시 서포면 외구리에 속한다. 남해고속도로 곤양 IC에서 서포 쪽으로 조금 가다보면, 곤양과 서포 경계 지점에 '鵲島精舍 2㎞'란 표지판이 있어 그 표지판을 따라 가면 어렵지 않게 찾을 수 있다. 일제 때까지만 해도 이곳은 섬이었다고 하니

퇴계가 왔을 때는 당연히 섬이었다. 이
야순李野淳, 1755~1831은 『요존록要存錄』
에서 이렇게 기술하고 있다.

▲ 논이 된 바다(작도정사 앞)

　작도는 군의 남쪽 10리쯤에 있는데
섬 남쪽의 두 산이 대치하고 있어 문
과 같았다. 조수가 이곳으로부터 들어
오면 섬 주위 8~9리에 물이 모여 바다
가 되고, 물이 물러가면 뭍이 된다. 이
날 어부가 그물을 치고 기다리고 있었
다. 선생[觀圃]은 사인(舍人) 정세호(鄭
世虎), 생원(生員) 이익(李瀷), 생원 강공저(姜公著) 및 나[滉]와 함께 배를
타고 상류에서 중류로 노닐어 그물을 쳐놓은 곳에 이르렀다.
　닻을 내리고 그곳을 살펴보니 어부가 들락날락하고 큰 물고기가 뛰기도
하는 등 즐길 만했다. 조수가 물러갈 때 배를 매어 두고 섬에 올라 오시(午
時)가 지난 뒤 지난 번에 배를 띄워놓은 곳으로 왔는데 모두가 평지였다.
갯벌은 흐릿했으며 발과 그물이 은밀하게 가려져 있었다. 이에 밀물 썰물
의 이치를 논하며 회를 먹고 술잔을 돌리다가 저녁이 되어서야 파했다.

이 글은 퇴계가 쓴 필사본 「유작도시서遊鵲島詩序」를 이야순이 『요존
록』에 옮겨 적은 것이다. 이 글에는 당시의 놀이가 자세하게 기술되
어 있다. 놀이에 참여한 사람은 퇴계를 비롯해서 놀이를 주선한 어득
강, 법륜사부터 동행한 강공저, 그리고 정세호와 이익 등이었다. 이들
은 오전에 배를 타고 들어와 썰물이 빠져나갔을 때를 이용하여 섬에
들어왔다가 오후에 매어 두었던 배로 다시 이동하였다. 그리고 밀물

▲ 작도유계에서 세운 '퇴계이선
생장구소' 표석

과 썰물에 대하여 토론하면서 회를 안주로 하여 술을 마셨다. 회는
어부가 그물로 잡은 것일 터이다. 밀물과 썰물에 대하여 퇴계는 어떤
논의를 펼쳤을까? 당시 논쟁은 뜨거웠고, 퇴계는 이를 소재로 다음과
같은 시를 쓰기에 이른다.

까치섬 평평하기 손바닥 같고,	鵲島平如掌
오산은 멀리 마주해 우뚝하네.	鰲山遠對尊
아침 나절동안 깊어 헤아리지 못하니,	終朝深莫測
예부터 이치는 궁구하기 어렵도다.	自古理難原
호흡할 사이 땅은 포구가 되고,	呼吸地爲口
조수 들락날락하는 곳에 산은 문이 되네.	往來山作門
고금의 수많은 주장 가운데서,	古今多少說
결국 누구의 말이 정확한 것일까?	破的竟誰言

수련에서는 까치섬의 모습과 주변의 경관을 소개했다. 그런데 마주
한 두 산을 문으로 하여 들락날락하는 조수가 무슨 원리에 입각하여
그렇게 되는지를 알 수가 없었다. 이 때문에 퇴계는 아침 나절동안
생각해도 너무 깊어서 헤아리지 못하니, 예로부터 이치는 참으로 궁

▶ 작도정사 현판

구하기 어렵다고 생각하였던 것이다. 옛날 사람들도 이에 대하여 많이 이야기 했고, 까치섬을 찾은 이들도 수많은 논의가 있었겠지만 퇴계는 어느 것이 맞는지를 알 수 없었다. 생각이 이 같았으므로 퇴계는 미련에서 '고금의 수많은 주장 가운데서, 결국 누구의 말이 정확한 것일까?'라고 하였던 것이다.

▲ 작도정사 가는 길

　요즘 생각하면 참으로 우스꽝스런 논쟁이 아닐 수 없다. 밀물과 썰물은 달과 태양의 인력과 지구의 원심력에 의해 일어나는 현상으로, 달과 태양이 지구와 일직선상에 놓이면 끌어당기는 힘이 가장 커져 달 쪽을 향한 바닷물이 부풀어 오르게 되어 밀물이 되고, 반대로 태양과 지구와 달이 직각을 이룰 때는 바닷물이 줄어들게 되어 썰물이 되는 것이라는 사실은 초등학생들도 배우기 때문이다. 그러나 이것은 과학이 가져다준 성과에 지나지 않는다. 과학으로 설명되기 훨씬 전에 벌였던 퇴계의 작도논쟁, 아득하며 또한 깊다. 나는 가끔 그 시대가 그립다. 그 가능성으로 비어있는 위대한 시대 말이다.

떠나는 사람과 보내는 사람

완사계

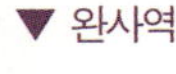

퇴계의 곤양 방문은 순전히 관포의 초청에 의해 이루어졌다. 일찍이 관포가 퇴계에게 편지하여 쌍계사 구경을 함께 하자며 초청했기 때문이다. 그런데 고향의 어머니로부터 연락이 왔기 때문에 쌍계사 구경은 뒷날로 미루지 않을 수 없었다. 이때 관포는 완사浣沙 시냇가에서 퇴계에게 송별의 자리를 마련해주며 아쉬움을 달랬다. 사천 곤명면에는 예로부터 옥녀봉

이 있고, 그 앞에 넓은 들판이 있으니 바로 완사다. 덕천강물이 금성에 이르러 평야를 이루는 곳이다. 완사마을은 진주에서 하동방향으로 약 10여분 거리의 국도변에 위치하고 있는데, 그 지역에 완사역도 있고 완사초등학교도 있다. 그리고 완사가 들어간 허다한 상호들이 있다. 곤명의 완사에는 다음과 같은 전설이 전해진다.

옥녀봉에 사는 옥녀는 행실이 반듯하고 베짜기를 잘했다. 건너편 한복산의 실로 베를 짜서 덕천강에 빨아 들판에 말리곤 했다. 덕천강 상류에는 민도령이 살았는데 처녀와 서로 사랑하여 정혼하게 되었다. 그러나 신관 사또가 처녀의 미모를 흠모하여 옥녀봉으로 행차하였는데, 옥녀가 정혼한 사실을 알고 크게 노하여 그녀의 베틀을 부수고 짜던 베를 잘랐다. 이에 옥녀는 민도령을 볼 면목이 없다면서 사또를 호되게 나무란 뒤 덕천강에 몸을 던져 죽었다. 사또 또한 예기치 못한 일을 당하고 그 자리에서 피를 토하며 죽었다. 한편 민도령은 과거에 급제를 하여 옥녀에게 기쁜 소식을 알리기 위하여 단숨에 달려왔으나, 처참한 현실을 목도하고는 옥

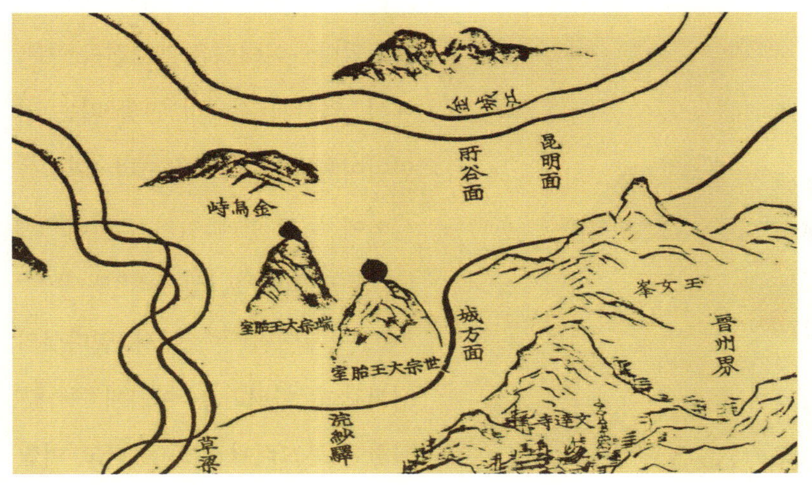

◀ 곤양군 고지도 '완사' 및 '옥녀봉' 부분

▲ 서시

녀가 없는 세상을 살 길이 없어 그도 함께 물에 빠져 죽었다. 그리하여 옥녀가 베를 씻고 널던 곳이라 하여 '완사'라 하며, 옥녀봉에는 그녀가 베를 짤 때 사용했던 샘 등이 아직도 있다.

지명유래담이다. 근처에 있는 옥녀봉과 완사계 등을 설명하기 위해 민중들이 만들어낸 것이라 하겠다. 춘향 이야기 등에서 널리 나타나는 유형이 여기에서도 발견된다. 사실 완사계는 중국 절강성 소흥에 있는 시내로 약야계若耶溪라 하기도 한다. 월나라의 서시西施가 빨래하던 곳이라며 널리 알려진 곳이다. 서시는 중국의 4대 미녀 중의 한 사람으로, 월왕 구천이 회계산에서 오왕 부차에게 대패하자 와신상담하면서 그녀를 부차에게 보내 미색에 빠지게 함으로써 오나라를 멸망시키는데 결정적인 역할을 했다. 서씨는 효빈51)效嚬이니, 빈목52)嚬目이니 하는 고사의 주인공이기도 하다.

서시와 완사계는 숱한 문인들의 상상력을 자극했고, 많은 시에 수용되었다. 이태백은 「채련곡採蓮曲」에서 '약야계 곁에서 연꽃 따는 여인이여若耶溪旁採蓮女, 웃으며 연꽃을 사이에 두고 함께 이야기 하네笑隔荷花共人語'라 하였고, 임제53)林悌, 1549~1587는 「무어별無語別」에서 '열다섯의 서시같이 아리따운 아가씨十五越溪女 사람이 부끄러워 말도 못하고 이별

▼ 사천의 완사계

했네^{羞人無語別}'라 했다. 그리고 이제현54)李齊賢, 1287~1367은 당시의 민요를 한역한 「제위보^{濟危寶}」에서 '완사계 곁에 버들 늘어졌는데^{浣紗溪上傍垂楊}, 손을 잡고 사랑을 속삭이던 백마랑이여^{執手論心白馬郞}'라고 했다. 모두 아름다운 여인을 연상하며 쓴 시편들이다.

사천의 완사계는 그 명칭이 중국에서 왔는지 어떤지는 알 수 없으나, 관포는 거기서 전별연을 벌였다. 퇴계가 자신보다 30세나 연하였으나, 그와 작별하는 것이 못내 아쉬웠던 모양이다. 이에 퇴계는 시를 지어 석별의 정을 달랬다. 그리고 이보다 앞서 관포의 부탁으로 「동주도원 16절」을 차운한 일이 있었다. 이것은 이미 살펴본 바다. 여기서 우리가 주목하고자 하는 것은 여기에도 완사계가 등장한다는 것이다. 이제 퇴계의 전별시와 「동주도원 16절」을 차운한 것 가운데 완사계가 등장하는 시를 각각 살펴보자.

완사의 시냇물 거울빛처럼 맑은데,	浣紗溪水鏡光淸
누구 집에서 저물녘의 피리 소리가 들려오나?	落日誰家一笛聲
태수는 사람을 보내고 떠날 사람은 또한 떠나는데,	太守送人人亦去
물가에 가득한 향그런 풀에 정을 이지지 못하겠네.	滿汀芳草不勝情

완사 시내는 서계의 물과 같아,	浣紗溪似西溪水
작은 가마에 앉아 시를 읊조리며 푸른 하늘을 바라보네.	吟望靑天坐小輿
다시 나는 구름 밟고 푸른 봉우리로 오르니,	更躡飛雲昇翠巘
남쪽 연못에서 북쪽 바다의 곤어를 보고 싶다네.	天池要看北溟魚

앞의 작품은 「완사계전석^{浣紗溪餞席}」이다. 저물녘에 전별의 자리가

▲ 사천의 완사계

마련된 듯하다. 완사계의 물은 맑기 그지없고 어느 집에선가 피리소리마저 들려 이별의 정을 고조시켰다. 3구의 '태수'는 관포이고 '사람'은 퇴계 자신이다. 이 같이 떠나는 사람과 보내는 사람이 마주하여 이별을 아쉬워하는데 완사계 가의 풀마저 향기롭다. 이에 퇴계는 4구에서 '불승정不勝情'이라 표현하면서 형언할 수 없는 마음을 노래했다. 당시의 이별은 사랑하는 연인의 이별과도 같았다. 어쩌면 완사계에서 퇴계가 서시를 떠올리며, 이별의 정한을 아름답게 묘사했는지도 모르겠다.

뒤의 것은 퇴계가 곤양에서 관포의 동주도원 16수에 대하여 차운한 것 가운데, 열 번째의 작품이다. 1구에서 완사계가 서계와 같다고 했다. 서계는 흥해에 있는데, 관포가 동주도원에서 이를 노래한 적이 있었다. 퇴계는 그 서계가 바로 곤양의 완사계와 동일하다고 하였다. 또한 완사계 옆에 있는 푸른 봉우리에 올라 남쪽바다를 바라보았다. 그리고 장주가 『장자』「소요유」를 통해서 제시하였던 '북명—곤어', '남명—천지'를 상상하였다. 북쪽 바다에 사는 곤어가 붕새로 화하여 마침내 도달하는 남쪽 바다의 천지天池, 그 자유경계를 퇴계는 완사계에서 관포를 통해 느끼고 싶었던 것이다.

거북이 전해준 위대한 뜻

구암정사

◀ 구계서원 현판

경상남도 사천시 구암리 만죽산 기슭에 가면 구계서원이 있다. 경상남도 문화재 제40호로 지정되어 있으며, 조선 중기 이 지역의 대표적인 학자 구암龜巖 이정55)李楨, 1512~1571을 모시기 위하여 지역 유림들이 세웠다. 처음에는 도동서원道東書院이라 하였다가 구암과 지역의

▲ 구계서원 구산사비

명칭을 따서 구계서원으로 개칭하였다. 사천에서 금곡 쪽으로 조금 가다보면 구암리라는 조그마한 마을이 나오는데 구암이 태어난 곳이다. 구계서원龜溪書院은 이 마을 위, 만죽산 아래에 있다.

구암은 24세 때 김안로 일파의 탄핵을 받아 사천으로 유배를 오게 된 규암圭菴 송인수宋麟壽, 1499~1547를 만나 스승으로 삼고 학문을 익혔으며, 젊은 날 관포 어득강의 문하에도 출입하여 문학적 소양을 길렀다. 32세 가을에 도산의 퇴계를 찾아가 제자의 예를 갖추었으며, 47세 때에는 남명을 따라 두류산을 유람하기도 했다. 또한 거제도나 남해로 찾아가서 당시 그곳에 귀양와 있던 정황丁煌, 1512~1560과 김란상金鸞祥, 1507~1570을 만나 현실에 대한 감각과 선비의 바른 도리를 토론하기도 했다. 이렇게 볼 때 구암은 사림파의 전통을 충실하게 이으면서 당대 지식인과의 교유과정에서 그의 학문적 영역을 넓혀갔던 것으로 파악된다.

구암이 구암정사와 대관대大觀臺를 지은 것은 58세 때의 일이다. 구암은 대관대의 원래 이름을 조용히 사물을 관찰한다는 뜻에서 정관대靜觀臺라 하였는데, 퇴계가 크게 보아야 할 것이라 하여 대관대로 고쳐 부르게 했다고 한다. 구암정사에는 거경재^{居敬齋}, 명의재^{明義齋}, 불기당^{不欺堂}도 있었다. 이들 명칭은 모두 성리학적 수양론과 밀착된 것이었고, 평생을 이 용어를 중심으로 사유활동을 전개하였던 퇴계는 이에 대하여 시를 한 수씩 지어 주기도 했다. 「구암정사^{龜巖精舍}」는 이렇다.

낙수에 글을 나타내어 성신을 열어주고,	洛水呈書啓聖神
기자의 구주에는 천고의 윤리를 밝혔도다.	箕疇千載炳彝倫
뉘 알았으리? 당호를 암서로 건 객이,	誰知揭號巖栖客
성도에서 점치는 사람을 배우지 않는다는 것을.	不學成都賣卜人

▼ 구계서원 전경

   구암이 자신의 정사 이름을 구암^{龜巖}이라 하였다. 이에 따라 퇴계는 자연스럽게 '하출서^{河出書}'를 연상하며 시를 시작하였다. 1구에서 말한 '낙수의 글'은 하나라 우임금이 거북의 등에서 얻었다는 글이다. 이것으로 우임금은 천하를 다스리는 대법으로 삼았다고 했다. 은나라 기자는 무왕을 홍범구주^{洪範九疇}로 가르쳐 윤리를 밝혔다고 했는데 2구에서 이를 인용했다. 이 같은 전통이 암서객, 즉 주자와 자신을 통해 새로워졌는데, 이것은 한나라의 은사 엄군평^{嚴君平}과 같이 성도에서 복서를 통해 점을 치면서 생계나 유지하는 것과는 전혀 다르다고 했다. 그러니까 구암정사는 도를 밝히고자 하는 뜻을 곡진하게 담고 있는 것으로 퇴계는 파악했던 것이다. 이 같은 생각에 입각하여 「거경재居敬齊」와 「대관대大觀臺」라는 작품도 지었다.

한 치의 아교에 천 길 탁류 없어지니,	一寸膠無千丈渾
옥연에 비친 가을달에 근원이 차고 맑다네.	玉淵秋月湛寒源
평소에도 밤낮으로 깊은 못에 다다른 듯	端居日夕如臨履
엷은 얼음 밟는 듯,	
어느 곳에나 항상 있는 것이 도의의 문이라네.	箇是存存道義門
잘못 듣고 치우친 견해로 세상 사람들 다투어 시끄럽고,	謏聞偏見世爭譁
맑은 위수 탁한 경수가 제각기 옳다 하네.	渭水涇流各自多
높은 대에 올라 멀고 큰 것을 바라보아,	試上高臺觀遠大
성인의 문정에서 도를 논함이 다시 어떠한가?	聖門論道更如何

▼ 구암 이정의 위패와 영정

앞의 시는 「거경재」다. 퇴계 심학의 요체는 '경敬'에 있다. 이는 성誠 및 의義와 함께 수양론의 핵심을 이루는 주요개념이다. '경'은 나의 마음이 하나를 주장하여 다른 곳으로 가지 않게 하는 것이며, 그 마음을 안으로 수렴하여 하나의 사물도 용납하지

않는 것이며, 별이 마음에 초롱하듯 항상 깨어
있는 상태를 유지하는 것이며, 또한 몸가짐을
가지런하고 엄숙하게 하는 것이다. 이렇게 하
면 당연히 인욕은 없어지고 천리가 나의 마음
에 보존된다. 퇴계는 이것을 1구와 2구에 담아
냈다. 1구에서 알인욕遏人欲 존천리存天理를 직접
나타낸 것이라면 2구는 그것의 공효를 나타냈
다. 조심이 그것을 가능하게 하고 항상성이 유
지되어야 하기 때문에 3구와 4구를 이어서 말
할 필요가 있었다.

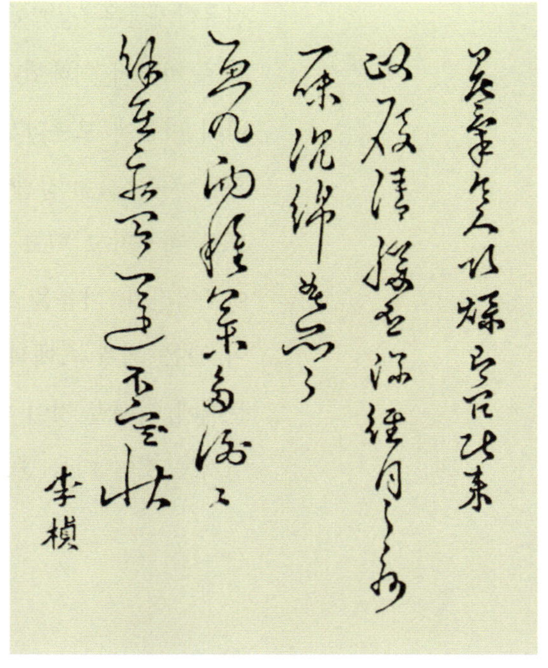

▲ 구암 이정의 필적

　뒤의 시는 「대관대」이다. 세상 사람들은 청
탁으로 다툰다고 했다. 2구에서 '맑은 위수 탁
한 경수가 제각기 옳다 하네.'라 한 것이 그것이다. 흔히 '경위涇渭'라
고 하면 옳고 그름과 청탁에 대한 분별이 엄격함을 이르는 말이다.
경수涇水와 위수渭水는 원래 중국 섬서성陝西省에 있는 두 강의 이름인
데, 경수는 물이 탁하고 위수는 맑기 때문에 그렇게 비유한 것이다.
그러나 세상은 흐린 것 가운데 맑은 것이 있고, 맑은 것 가운데 흐린
것이 있으니 편협하게 판단할 일이 아니다. 이렇게 싸우기보다 성인
의 문정에 올라 도를 논하자고 했다. 그것은 편협한 판단을 극복하는
일이며, 또한 인간을 위대하게 만드는 일이기 때문이다.

　정심대관靜心大觀이라고 하였던가? '정심'은 '경'을 통해 가능하다.

신유학자들은 '정靜'이라 하면 선불교로 들어가기 때문에 '정'을 '경敬'으로 바꾸어 이해했다. 그러니까 '경'은 마음을 고요히 하여 천리가 나의 마음에 보존되게 하는 기반이 된다. 구암은 이에 따라 대의 이름을 처음에는 '정관靜觀'이라 했을 것이다. 퇴계는 이것을 '대관大觀'으로 바꾸자고 했고 구암은 이를 따랐다. 사실 대관은 정관에 의해 이루어진다. 마음을 고요히 하여 정밀을 유지할 때 대관이 가능하다. 이 같은 체계 속에서 퇴계는 대관을 더욱 중시하였다. 코앞에 있는 문제에 얽매일 것이 아니라 성인의 문정門庭에서 위대한 자아를 만들어가는 것이 더욱 중요하기 때문이었다.

거창 지역

전가에서 느끼는 인생의 참 즐거움

시락정

　퇴계는 권질權礩, 1483~1545의 딸에게 두 번째로 장가를 들었다. 권질은 누구인가? 그는 본관이 안동으로 자는 사안士安이다. 1504년 갑자사화56)甲子士禍가 일어나 아버지 권주權株가 화를 입을 때, 마침 한글로 표기된 연산군의 실정失政에 관한 투서가 궁중에 들어가 소위 언문옥사諺文獄事가 일어나게 된다. 이때 그는 혐의를 받고 거제도巨濟島에 유배되었다. 1506년 중종반정57)中宗反正으로 풀려났다가, 1521년 신사무옥58)辛巳誣獄에 연루되어 장살杖殺된 아우 권전權磌의 사건에 연좌되어 예안禮安에 유배되었다. 그리고 1538년중종 33에 풀려났다.

▲ 영승마을 표석 및 사락정

적소謫所에서 풀려난 후 권질은 세상에 환멸을 느끼고 가솔들을 이끌고 처향으로 숨어든다. 바로 지금의 거창군 마리면 영승촌이다. 영승촌의 옛 이름은 '영송迎送'이었다. 삼국시대에 백제와 신라의 사신을 이 마을에서 영접하고 환송하였다 해서 영송이라 불렀다고 한다. 퇴계는 이를 음이 비슷한 영승迎勝으로 바꾸었다. 이 마을의 자연이 너무 아름다웠기 때문이다. 봄이 되기라도 하면 사물은 빛을 향해 달리고 시내는 세상을 향해서 흐르는 것을 퇴계는 보았다. 영승촌에는 개울가에 새로 지은 정자가 있었는데, 원래 권질의 처숙인 전철全轍의 정자였던 것을 권질이 빌려서 사용하였다. 이 정자를 퇴계는 사락정四樂亭이라 이름을 짓고, 이와 관련하여 다음과 같은 글을 남긴다.

안음현에 마을이 있는데 이름을 영송이라 하였다. 산과 물이 맑고도 아름다우며 땅이 기름져서, 전씨들이 대대로 살던 옛터다. 시냇가에 정자가 있는데 자못 그윽하고도 빼어났다. 장인 권공이 유배지로부터 돌아와 집안을 이끌고 남쪽으로 왔다가 이 마을에 머물게 되었다. 이 정자를 보고 기뻐하여 아침에 나갔다가 저녁에도 돌아오기를 잊었다. 서울로 편지를 보내어 정자의 이름과 시를 지어달라고 부탁하시기에 내가 뛰어난 경치를 익히 듣고 한 번 가보려고 했다. 그러나 가지 못한 지가 이제 십년이나 되었다. 생각해보면 시골에 살면서 즐길 수 있는 것을 찾고, 또한 혼자서도 즐길 수 있는 것을 찾아보니, 농사짓기와 누에치기, 고기잡이와 나무하기 등 네 가지가 바로 그러하였다. 그래서 정자의 이름을 '사락(四樂)'이라 하고 이어서 시를 쓴다.

안음은 안의의 옛 이름이나 거창이 한 때 여기에 소속되기도 했다. 이곳 영승리에는 정선 전씨들이 세거하고 있다고 했는데 권질의 처가 집안이다. 이뿐만 아니라 이 자료는 많은 사실을 알게 한다. 즉 권질이 유배에서 풀려나 이곳으로 온 사실, 그가 정자를 찾아가 아침부터 저녁까지 노닐던 일, 퇴계가 장인의 부탁으로 정자의 이름과 함께 시를 지었던 일 등이 그것이다. 퇴계는 농農·상桑·어漁·초樵 등에 대한 즐거움이 농촌에서 가장 즐거운 일이라 생각하여 정자의 이름을 '사락정'이라 했다. 이 가운데 농사짓는 즐거움과 누에치는 즐거움을 노래한 것을 들어보자.

내 농사짓는 집의 즐거움을 아나니,	我識田家樂
봄에 땅을 갈아엎으니 흙먼지 일어난다네.	春耕破土烟
싹은 때맞추어 내리는 비 뒤에 나고,	苗生時雨後
벼는 늦서리 내리기 전에 익는다네.	禾熟晩霜前
옥 같은 낟알은 관가에 세금으로 내고,	玉粒充官稅
질그릇 동이의 술로 촌사람들 잔치벌이지.	陶盆會俗筵
어찌 높은 벼슬자리에 있는 사람이,	何如金印客
근심 속에서 세월을 보내는 것과 같겠나?	憂患送流年

<table>
<tr><td>내 누에치는 집의 즐거움 아나니,</td><td>我識蠶家樂</td></tr>
<tr><td>새해가 되기 전에 누에 채반을 손질한다네.</td><td>年前曲薄修</td></tr>
<tr><td>때는 누에 씨 목욕시키길 재촉하고,</td><td>光陰催種浴</td></tr>
<tr><td>누에가 잠 깬 뒤엔 부드러운 뽕잎 먹여야 하네.</td><td>眠起趁桑柔</td></tr>
<tr><td>이미 온 집이 따뜻해진 것을 기뻐하고,</td><td>已喜全家煖</td></tr>
<tr><td>빚 갚지 못할까 걱정도 없다네.</td><td>無憂欠債酬</td></tr>
<tr><td>어찌 비단 옷 입은 귀족집 자제들이,</td><td>何如紈綺子</td></tr>
<tr><td>곱게 치장하고 한가하게 걱정하는 것과 같으리?</td><td>嬌艶妬閒愁</td></tr>
</table>

▲ 사락정

앞의 것은 「사락정에 씀^{寄題四樂亭}」 가운데 「농사짓기의 즐거움」을 노래한 것이고, 뒤의 것은 「누에치기의 즐거움」을 노래한 것이다. 우리는 여기서 농사를 짓고 누에를 치면서 건강하게 살아가는 전가田家의 모습을 읽을 수 있다. 나아가 고기잡이와 나무하기의 즐거움 역시 노래했는데, 이것은 돈 많은 사람이나 명리를 꿈꾸는 자들이 도저히 따를 수 없는 즐거움이라고 퇴계는 생각했다. 미련에서는 항상 '여하如何'를 내세워 관리와 귀족집 자제나 거부巨富와 명리인名利人 등과 비교하면서 인생의 참 즐거움은 바로 이 네 가지에 있다고 했다.

퇴계는 사락정에서 다른 시를 짓기도 했다. 권질과 함께 영승촌에서 새해를 보내면서 사락정에 대하여 읊조리기도 했던 것이다. 때는 1543년 1월 4일이었고, 제목은 「영승촌에서 사락정을 노래하여 남김迎勝村留題四樂亭」이다. 여기서 퇴계는 '술항아리 앞에서 사헌부의 일을 말하지 말라尊前莫說霜臺事, 시골 정취가 바야흐로 즐거워 나의 본마음에 합치된다네野趣方欣愜素眞'라고 했다. 퇴계의 자연친화적 태도를 바로 알 수 있는 대목이다. 네 가지의 즐거움이 그러하듯이 퇴계는 자연 속에서 자연과 합일된 삶을 영위하고자 했던 것이다.

▲ 사락정전선생유적비

사락정은 현재 영승촌에 복원되어 있다. 장인 권질의 부탁으로 퇴계가 이 정자의 이름을 지었지만 원래 정자의 주인이 전철이니, 후손들은 이에 의거하여 선조의 호를 사락정으로 삼아 정자를 복원하고 「사락정전선생유적비四樂亭全先生遺蹟碑」도 세웠다. 사락정 전철은 퇴계의 처외숙이다. 퇴계의 처외숙과 장인은 모두 자연을 애호하고 이를 통해 상호 교감하였다. 퇴계가 정자의 이름을 '사락'으로 명명한 것도 결국은 이들의 정신지향을 잘 알고 있었기 때문이다. 우리는 여기서 중년 이후 퇴계의 삶과 사유가 어떻게 진행될 지 충분히 가늠할 수 있게 된다.

구름 낀 벼랑에 쓴 시
수승대

1543년 1월 7일, 장인 권질과 새해를 보낸 퇴계는 영승촌을 떠나 동쪽으로 6~7리쯤 들어간다. 그는 자연이 너무나 빼어나 감당할 수 없는 영감에 휩싸여 다시 시를 지었다. 「초 이레 영승촌에서 동쪽으로 육칠 리를 나서니 산수의 경치가 매우 기이하고 빼어나 사랑할만 함人日自迎勝村東行六七里泉石甚奇絶可愛」이 그것이다. 퇴계는 자연과의 교감을 이처럼 유감없이 시를 통해 제시했고, 이로써 그의 시적 재능은 마음껏 발휘되었다. 위대한 성리학자 그 이면에는 감수성 빼어난 대시인 퇴계가 숨어 있었다는 것을 확인하게 된다. 당시 지었던 시는 이렇다.

양쪽의 산은 하나의 물로 묶여있어,	兩山束一水
겹겹이 돌아 흘러 문이 없는 듯하네.	回複似無門
끌로 파낸 듯 산은 뼈마디만 드러내고,	鑿鑿堆山骨
맑은 물은 눈 녹은 근원에서 흘러나오네.	冷冷瀉雪源
흥이 이르러 붓을 잡아 글을 쓰고 싶고,	興來思握管
그윽한 곳을 잡아 정원 꾸며 살고 싶네.	幽處欲開園
흘러가는 물은 멈추는 이치 없나니,	逝者無停理
물가에서 누구와 더불어 논해 볼거나?	臨流誰與論

▶ 수승대 거북바위

  위의 시는 구체적으로 어느 곳을 대상으로 하여 지은 것인지는 알수 없다. 두 산을 끼고 흐르는 한 줄기 물, 하얀 뼈마디를 드러내 놓고 있는 바위들, 이런 것을 보고 퇴계는 신명이 잡혔다. 그리고 그것을 배경으로 하여 시를 쓰고자 했고, 더욱 나아가 정원을 꾸려 살고 싶다고 하기도 했다. 여기서 퇴계는 공자를 생각했다. 일찍이 공자는 흘러가는 물을 보며, '흐르는 것이 이와 같구나, 주야로 그치지 않는구나逝者如斯夫, 不舍晝夜!'라고 한 적이 있다. 퇴계 역시 흘러가는 물을 보면서 '서자무정리逝者無停理'라 탄식하고, 함께 물의 이치를 토론해 보고 싶었다. 자연을 중심으로 한 깊이 있는 학문적 대화를 나누고 싶었던 것이다.

경상남도 함양군의 북동쪽에는 거창군과 경계를 이루고 있는 안의면安義面이 있다. 안의면에서 산수가 가장 빼어난 세 곳을 예로부터 안의 3동이라 불렀다. 화림동花林洞, 심진동尋眞洞, 원학동猿鶴洞이 그것이다. 화림동은 일명 옥산동玉山洞이라 한다. 함양군 안의면에서 26번 국도를 따라 그 구비가 예순 개나 된다는 육십령과 계곡이 길어서 그렇게 이름이 되었을 법한 장계長溪로 향하는 길의 약 4km쯤에서 시작된다. 심진동은 일명 장수동長水洞으로, 안의에서 동쪽으로 약 4km쯤에 있는 꺼멍다리부터 심원정尋源亭, 장수사長水寺, 조계문曹溪門, 용추폭龍湫瀑, 용추사龍湫寺, 은신폭隱身瀑 등이 있는 지금의 용추계곡을 말한다. 그리고 원학동은 거창군 마리면 고학리 쌀다리부터 시작하여 위천의 수승대搜勝臺, 북상갈계숲 등이 자리한 곳까지를 말한다. 수승대에 대하여 퇴계는 짧은 서문과 함께 이런 시를 남겼다.

안음의 고현(古縣)에는 내를 굽어보고 있는 바위가 하나 있는데 속칭 '수송대(愁送臺)'라고 하였다. 산수가 매우 빼어나다는데 내가 이번 발걸음에 한 번 가볼 여가가 없는 것이 한스러웠다. 또한 그 이름이 고상하지 못함을 좋게 여기지 않아 '수승(搜勝)'이라 고치고자 하였는데 여러분들이 모두 수긍하였다.

수승으로 이름을 새로 바꾸고 나니,	搜勝名新換
봄을 맞아 경치가 더욱 아름답구나.	逢春景益佳
먼 숲 속에선 꽃이 피려고 하는데,	遠林花欲動
그늘진 골짜기는 아직 눈으로 덮여있네.	陰壑雪猶埋
좋은 경치를 직접 보지는 못하고,	未寓搜尋眼
오직 상상하는 마음만 더하는구나.	唯增想像懷
다른 해에 한 동이 술을 준비하여,	他年一尊酒
큰 붓을 들고 구름 낀 벼랑에 시를 쓰리.	巨筆寫雲崖

짧은 서문에 의하면 퇴계는 수승대를 직접 보지 못하였다. 그러나 그 아름다움을 전해 듣고 '수송대'를 '수승대'라 이름을 고치고, 위와 같은 시를 지었다. 이 시에서도 수승이라 이름을 바꾼 사실, 아름다운

▶ 퇴계와 갈천의 수승대시 석각

▲ 요수 신권 등을 봉향한
구연서원

경치에 대한 상상, 직접 가보지 못한 아쉬움, 다른 기회에 꼭 가보고 싶은 마음 등을 두루 제시하고 있다. 미련에서 그는, 큰 붓으로 구름 낀 벼랑에 시를 써보고 싶다고 했다. 이것을 실현시키지는 못했지만, 위에서 제시한 퇴계의 수승대시는 현재 거북바위에 새겨져 전한다. 전하는 말에 의하면 갈천葛川 임훈林薰, 1500~1584이 써서 새겼다고 한다. 갈천은 퇴계와 남명의 친구로 이들과 학문을 강론하며 그의 세계인식을 확고히 하였던 거창의 대유였다.

수승대에 가면 요수樂水 신권愼權과 함께 성팽년成彭年, 신수이愼守彝 등을 봉향한 구연서원龜淵書院을 만날 수도 있다. 이 구연서원의 문루는 관수정觀水亭이며, 여기에 올라보면 개울 속에 있는 거북바위와 개울 건너에 있는 요수정樂水亭이 한 눈이 들어온다. 거북바위는 바위가 거북처럼 생겼기 때문에 그렇게 이름된 것이며, 거기에 퇴계의 수승대시, 갈천 임훈의 시, '요수장수지대樂水藏修之臺' 등 퇴계, 갈천, 요수를 기리는 수많은 문자들이 새겨져 있다. 수승대는 1986년에 국민관광지로 지정되었고, 요즈음은 해마다 거창국제연극제가 성황리에 열려 한여름을 시원하게 달군다.

기타 지역

넘치는 시흥
밀양 영남루

우리는 흔히 영남의 7대루를 일컬어 진주 촉석루, 안동 영호루, 양산 쌍벽루, 울산 태화루, 김천 연자루, 영천 명원루와 함께 밀양의 이 영남루嶺南樓를 거론한다. 1848년 안인일安仁一, 1736~1806이 쓴 「영남루 중수기嶺南樓重修記」에 의하면, 이 누각은 영남사嶺南寺의 소루小樓인데, 절은 없어지고 김주金湊가 1365년 밀양의 지군사知郡事로 와서 영남사의 옛 터에 누각을 창건하고 절의 옛 이름으로 누각의 이름을 붙였는데, 누각의 형승이 조령 이남에서 첫째로 빼어났기 때문이라고 했다. 그리고 여러 차례 중수한 내력과 함께 주위의 승경을 소개하고 있다.

▶ 영남루의 '영남제일루' 현판

　　영남루 본루 중앙 대들보에는 '영남제일루嶺南第一樓'라는 현판이 걸려 있다. 1843년 영남루 중건 때 이인재李寅在 부사의 아들 이증석李憎石이 11세에 쓴 것인데, 영남루는 이 현판이 말해주는 대로 영남의 제1루이며 교남의 명루이다. 이 때문에 이 누각을 중심으로 수많은 시인 묵객들이 다투어 올라와 시를 지었으며, 선조 때 영남루에 걸린 시판만 하더라도 이미 300여 개에 이르렀다고 한다. 현재는 12개의 시판만 전해지지만 그 명성은 지금도 그대로 남아 있다. 이밖에도 많은 기문과 상량문, 기행문 등이 남아 있어 영남루를 둘러싸고 이룬 성대한 영남문화를 확인할 수 있다.

　　퇴계가 영남루를 대상으로 지은 시는 모두 세 수이다. 문집에 실려 있는 7언 율시 한 수와 7언 배율 한 수, 그리고 『밀주지密州誌』에 수록된 7언 율시 한 수가 그것이다. 현재 영남루에는 하나의 시판에 퇴계의 7언 율시 두 수가 걸려 있다. 퇴계가 영남루에 오른 것은 과거에 급제 한 다음 해인 1535년으로, 중종 29년(을미) 6월이었다. 퇴계는 이때 승문원59)承文院 박사博士로 있다가 일본국 사신을 동래로 호송하는 호송관으로 차출되어 동래를 다녀가게 된다. 이 과정에서 영남루에

▲ 밀양 영남루

올라 「영남루」라는 시 두 수를 남긴 것으로 보인다.

난간이 우뚝 솟아 거울에 비친 하늘을 눌렀고,	欄干高壓鏡中天
바라보니 남방의 경물이 눈앞에 다 보이네.	一望荊吳盡眼前
강은 거친 들판 밖에서 해문으로 좁아지고,	江蹙海門荒野外
땅은 왜국의 산 눅눅한 구름 곁에서 끝난다네.	地窮蠻嶺瘴雲邊
시 짓기 재촉할 무렵 해 저물자 이슬비 내리고,	催詩曉日纖纖雨
그림처럼 펼쳐진 평지의 숲에는 가느다란 연기라네.	入畫平林細細烟
맑은 술잔 잡고 먼 경치 완상하노라니,	好把淸樽供遠賞
굳이 악기 두드리며 좋은 자리 시끄럽게 할 것 없네.	
	不須檀板鬧芳筵

누대 높다랗게 영남 하늘에 솟았는데,	樓觀危臨嶺海天
나그네는 좋은 시절 국화 피기 전에 왔다네.	客來佳節菊花前
구름은 상수 언덕 푸른 단풍 너머로 걷히고,	雲收湘岸靑楓外
물은 형양의 흰 기러기 곁으로 내려가는구나.	水落衡陽白雁邊
비단 장막이 광한전의 달을 둘러싼 듯하고,	錦帳圍將廣寒月

옥피리는 태청궁의 연기를 불러들이네.　　　　　　玉簫吹入太淸烟

평생 시인의 흥취 모두 갖추었지만,　　　　　　　　平生儘有騷人興

그래도 술항아리 앞에서 비단자리를 밟으며 춤춘다네.

　　　　　　　　　　　　　　　　　　　猶向尊前踏綺筵

▲ 영남루 원경

앞의 시는 『밀주지』에 있고, 뒤의 시는 『퇴계집』에 있다. 이 두 시는 모두 하평성의 선운先韻을 밟고 있는데, 이는 고려 말의 성원도成元度가 처음으로 사용한 운이다. 이에 따라 이인복李仁復, 문익점文益漸, 이숭인李崇仁, 하륜河崙 등 허다한 문인들이 이 운을 사용하였고, 퇴계 역시 이 운으로 영남루를 읊었다. 위의 두 수는 모두 영남루의 훌륭함을 노래했다. 그러면서도 앞의 시에서는 술잔을 잡고 경치를 완상하기 때문에 다른 악기를 연주하며 자리를 소란하게 할 필요가 없다고 했고, 뒤의 시에서는 스스로를 시인의 흥취를 모두 갖춘 사람으로 평가하였다. 우리는 여기서 자연과 함께 하는 퇴계, 그리고 그의 시인적 면모와 자부심을 동시에 이해하게 된다.

퇴계가 51세 되던 해에 영남루와 관련한 시 한 수를 더 읊는다. 조사수趙士秀, 1502~1558가 밀양의 영남루에서 박상朴祥, 1474~1553의 시를 두고 화답한 적이 있었는데 퇴계가 여기에 차운한 것이다. 이 작품은

7언 배율로 되어 있다. 조사수는 신광한申光漢, 1484~1555의 생질인데, 퇴계가 그의 만사輓詞를 지을 정도로 친분이 두터웠다. 조사수가 경상도 관찰사로 있던 1542년 무렵 영남루 시를 지었으며 퇴계는 여기에 차운한 것이다. 퇴계는 여기서 20년 전에 영남루를 올랐던 것을 기억하고, '을미년 가을 영남 바닷가에 놀 적에乙未南遊嶺海秋, 높다란 난간에 올라 웅장한 고을 굽어보았네曾攀危檻眺雄州'라며 긴 노래를 시작하였다. 이 유장한 노래는 생략하기로 한다.

당당한 함양은 일두 선생의 고을
함양 남계서원

함양은 속함速含, 함성含城, 천령天嶺, 허주許州, 함양含陽 등으로 불렸다. 함양은 최치원이 태수로 있었던 곳이며, 김종직이 군수로 있었던 지역이기도 했다. 무엇보다 함양은 김종직의 제자 일두一蠹 정여창60)鄭汝昌, 1450~1504의 고향이다. 퇴계가 함양을 찾은 것은 1543년종종 38이었고 당시 군수는 김윤석金潤石이었다. 김윤석은 자가 중수仲晬로 퇴계와 같은 예안사람이었는데, 주로 영주에 살았다. 그가 함양의 군수로 있을 때 퇴계가 남도여행을 하면서 함양을 들렀던 것이다. 이때 퇴계는 김윤석을 찾아가 옛 일을 이야기하다가, 동헌의 시에 차운하여 다음

일두 정여창을 봉향한 남계서원

과 같은 시를 두 수 지어서 그에게 주었다.

천령에서 봄을 맞아 날씨가 이미 화창하고,　　　天嶺逢春氣已酣
옛 친구와 고향 이야기를 즐겁게 나눈다네.　　　故人喜作故鄕談
내 지금 병이 많은데 그대는 더욱 심하니,　　　我今多病君猶甚
돌아갈 꿈을 소백산 남쪽에다 함께 거세나.　　　歸夢同懸小白南

방장산 높아 푸른 안개에 닿았는데,　　　方丈山高接翠烟
무너진 성곽 키 큰 나무는 나이를 모르겠네.　　　荒城喬木不知年
닭 잡는 묘한 기술 그대 응당 터득했을 테니,　　　割雞妙術君應得
시 잘하던 노인의 맑은 향기와 함께 전해지리.　　　詩老淸芬與共傳

고운 최치원 선생 신도비

　앞의 작품 1구에서 '천령'이라 한 것은 함양의 옛 이름이 '천령'이기 때문이다. 신라의 경덕왕 때부터 이렇게 고쳐 불렀다. 2구의 옛 친구는 김윤석을 지칭한다. 이들은 모두 소백산 남쪽에 살았으므로 4구에서 '소백남'이라 하였다. 이 시에 작은 주석을 달아, '영주와 예안

▲ 일두고택

은 모두 소백산 남쪽이다'
라고 하였다. 어린 시절을
함께 하다가 한 사람은 관
리로, 다른 한 사람은 나그
네가 되어 객지에서 만났
던 것이다. 이 때문에 고향
에 함께 가고 싶은 꿈은
더욱 간절하였다.

뒤의 작품에서 퇴계는
함양이 지리산 밑에 있는 오래된 고을이라는 것을 보였다. 1구와 2구
가 그것이다. 3구에서는 닭 잡는 묘한 기술을 언급하였다. 이것은 『논
어』「양화」편에서 공자와 자유의 대화 가운데 나오는 것을 용사[61]用事
한 것인데, 작은 고을을 다스리는 묘한 기술의 의미로 쓰였다. 4구에
서 '시로詩老'를 제시하였는데 점필재 김종직을 의미한다. 퇴계는 항상
점필재가 문학적 재능이 있다고 생각하였는데 이 같은 평소의 생각이
반영되었던 것이다. 일찍이 점필재는 이 함양고을의 군수가 되어 선
정을 베풀었고, 이로 인하여 거민들은 그의 생사당生祠堂을 세워 기리
기도 했다. 이를 염두에 두면, 점필재처럼 선정을 베풀어주길 바라는
마음이 이 시에는 깃들어 있다고 하겠다.

퇴계는 조선의 대표적인 서원 열 곳을 선정하여 작품화하기도 했
다. 풍기의 죽계서원竹溪書院, 영천의 임고서원臨皐書院, 해주의 문헌서원

文憲書院, 성주의 영봉서원迎鳳書院, 강릉의 구산서원丘山書院, 영주의 이산서원伊山書院, 경주의 서악서원西岳精舍, 대구의 화암서원畫巖書院, 그리고 함양의 남계서원藍溪書院이 바로 그것이다. 이 가운데 남계서원은 경남에 있었던 유일한 서원인 바, 작품에서는 일두 정여창을 드높였다. 들어보면 다음과 같다.

당당한 천령은 정일두의 고향,	堂堂天嶺鄭公鄉
백세에 끼친 유풍 그 꽃다움 영원히 사모하네.	百世風傳永慕芳
서원에 높이 모셔 진실로 더럽힘이 없나니,	廟院尊崇眞不忝
어찌 문왕 같은 호걸이 없으리.	豈無豪傑應文王

일두 정여창은 1498년 무오사화戊午士禍가 일어나자 종성鍾城으로 유배되었다가 세상을 떠났으며, 1504년 갑자사화甲子士禍가 일어나 부관참시를 당했다. 1610년광해군 2에 한훤당 김굉필, 정암 조광조, 회재 이언적, 퇴계 이황과 더불어 나란히 문묘62)文廟에 배향되면서 동방오현으로 널리 존경받았다. 퇴계는 남계서원을 노래하면서 일두의 고향인 함양을 드높이고 그의 절의를 높이 사서 영원히 사모하고자 했다. 일두! 그는 '천지간의 한 마리 좀벌레'로 자칭했지만 그의 삶과 정신은 퇴계에 의해 뜨거운 찬사를 받았던 것이다.

함양에 가면 일두 고택이 있다. 안의에서 함양으로 가는 중간 지점인 지곡면 개평마을에 있는 이 고택은 3,000여 평의 대지 위에 사랑채, 안채, 별당, 가묘, 곡간 등으로 구성되어 있는데, 현재의 것은 대부분 조선 후기에 중건된 것이다. 솟을대문을 들어서면 다섯 명의 효자와 충신을 배출했음을 알리는 정려旌閭가 있다. 일두의 절의 정신이 그의 후손들에게 어떻게 계승되고 있는 지를 명확하게 보여주는 좋은 예가 된다. 삶이 해이해지려고 하는 사람들은 함양의 개평마을에 가서 일두를 만나 볼 일이다.

효도하다 죽었으니 무엇을 원망하랴
창원 조효연 묘갈

창원에는 퇴계의 종자형 위재韋齋 조효연曺孝淵이 있었다. 조효연의 아버지 조치우曺致虞는 원래 영천에 살았는데, 아버지가 처가로 이주하면서 그도 창원에 살게 되었다. 조효연은 퇴계의 숙부 송재 이우에게 글을 배웠으며 송재는 그의 명민함을 높이 사서 사위로 삼았다. 그러니 위재는 퇴계의 종자형이 된다. 그는 33세의 늦은 나이에 문과에 급제해 함안군수로 있다가 부친 상중에 세상을 떠났다. 그의 손자 조호익曺好益, 1545~1609은 퇴계의 제자가 되니 여러모로 인연이 깊다고 하겠다. 위재는 퇴계와 함께 송재에게 배웠으니 한편으로 동문이기도

하였는데, 퇴계는 그의 죽음을 애도하며 묘갈명을 지었다. 「통선랑수
함안군수조공묘갈명通善郞守咸安郡守曺公墓碣銘」이 그것인데, 그 일부를 들
어보자.

> 공은 병오년(1486) 8월에 태어나 계유년(1513)에 생원에 합격하였으며,
> 기묘년(1519)에 과거에 올랐다. 학유(學諭)·사록(司祿)으로부터 예문관에
> 뽑혔다. 4년만에 전적(典籍)으로 승진하였고, 호조의 정랑 등의 직을 역임
> 하였다. 무자년(1528) 가을에 함안군수로 나갔다가, 기축년(1529) 여름에
> 부친상을 당하였으며, 경인년(1530) 8월 16일에 죽었으니 향년이 45세였
> 다. 창원부(昌原府) 개동(介洞) 청룡산(靑龍山)에 장사지냈다.

퇴계는 조효연의 선세先世가 창녕에서 나왔다면서 묘갈명을 시작하
였다. 그의 아버지 조치우와 모친 창원 박씨, 그리고 그의 생몰과 환
력宦歷에 대해서도 간단히 언급하였다. 조효연은 1513년중종 8 식년

▶ 청룡산 정상에서 본
　창원시 북면

시(63)式年試에 3등으로 합격하였고, 이어 6년 뒤인 1519년에 문과에 올라 벼슬길에 나아갔다. 조효연의 아버지 치우는 벼슬을 사임하고 어머니를 봉양하다가 70세에 모친상을 당하였는데 1년이 되지 않아 상중에 죽었다. 그의 아들 효연도 마찬가지로 아버지상을 당한지 1년만에 상중에 죽었다. 이에 대하여 퇴계는 '아아! 슬프다, 하늘이 한 집안의 효성스런 사자嗣子들에게 보답할 줄을 모르는 것이 이 같은가?'라며 탄식하였다. 퇴계는 종자형 위재 조효연을 이렇게 소개했다.

> 공의 휘는 효연(孝淵), 자는 언보(彦溥)다. 총명하고 민첩하여 위풍이 있었다. 시문을 지을 때 붓을 거리낌 없이 휘둘러 글을 완성하였으므로 힘차고 변화가 많았다. 구차하게 시험관의 뜻에 맞추어 속히 합격하기를 구하지 않았다. 공이 벼슬길에서는 격앙하고 강직하였으며, 아첨하고 비위를 맞추어 시속의 좋아함에 영합하려 하지 않았다. 이 때문에 벼슬길이 많이 막혔지만 신경 쓰지 않았다. 나중에는 조급한 것이 도를 해친다고 스스로 생각하여, 옛 사람이 부드러운 가죽을 차고 다니며 경계한 일에 자못 관심을 가졌다.

조효연에 대하여 간략하지만 핵심적인 부분이 잘 드러나 있다. 그의 자질은 총명·민첩하였으며 특히 시문을 잘 지었다고 했다. 그리고 공부의 방향은 인격수양을 위한 것이지 과거를 위한 것이 아니었음을 밝히고, 여유로운 자세로 학문에 열중했음을 말했다. 조효연은 특히 조급한 것은 도를 해치는 것이기 때문에 위魏나라 서문표西門豹의 수양법에 관심이 많았다고 했다. 서문표西門豹는 성격이 급한 것을 고

▲ 한비자

치려고 무두질한 가죽韋을 차고 다녔다고 한다. 『한비자韓非子』「행관觀行」에 나오는 이야기다. 여기서 우리는 조효연의 호가 위재韋齋인 이유를 비로소 알게 된다. 종자형의 부인에 대해서도 언급하였다.

공의 배위는 영인(令人) 진성 이씨인데, 강원도 관찰사 휘 우(堣)의 따님이다. 증조는 선산부사 휘 정(禎)이고, 조부는 진사로 병조참판에 추증된 휘 계양(繼陽)이다. 영인은 온순하고 착하였으며, 곧고 아름다웠다. 시집 가기 전에는 부모에게 효도했고, 시집가서는 남편에게 순종했으며, 공이 죽은 뒤에는 자식들의 뜻을 따르는 데 자애로웠다. 정미년(1487) 어느 달에 나서 을축년(1565) 5월에 죽었으니 향년이 79세였다. 공의 산소 왼쪽에 장사지냈다.

조효연의 배위는 바로 퇴계의 사촌 누나로 송재의 따님이다. 퇴계는 그녀를 '온순하고 착하였으며 곧고 아름다웠다'고 기억했다. 그리고 삼종지도64)三從之道를 성실하게 지킨 것을 특기하였다. 조효연과 진성 이씨 사이에는 아들이 둘 있었다. 맏이는 윤신允愼이고 둘째는 윤구允懼인데 이들과 함께 마산의 월영대와 비암을 오른 적이 있었다. 윤신은 아들 다섯을 두었는데, 계익繼益, 광익光益, 희익希益, 호익好益, 겸익謙益이 있었고, 윤구에게는 선익善益이라는 아들이 있었다. 이 같은 세계를 적으며 퇴계는 다음과 같은 명銘을 지어 조효연을 추모해 마지않았다. 일부를 들어본다.

아름답도다, 집안의 명성이여!　　　　　　　允矣家聲
멀리서부터 그 근원이 있었네.　　　　　　　遠有其原

공이 능히 계승하여,
후손에게 넉넉히 드리워주었네.
벼슬이 낮은들 무엇을 탄식하며,
효도하다 죽었으니 무엇을 원망하랴?
의지하고 엎어지는 것은 알 수 없지만,
어둡지 않는 이치는 있다네.
후손들이여, 힘쓸지어다!
거의 내 말로 징험을 삼을 지어다!

公能繼之
垂裕後昆
位屈何嘆
孝殞奚冤
茫茫倚伏
不昧者存
來者勉旃
庶徵吾言

집안의 명성이 아름답다고 한 것은 증조부와 조부, 그리고 아버지와 조효연 등 4대에 걸쳐 과거에 급제를 했기 때문이다. 여기서 무엇보다 주목되는 것은 그의 평범하지만 성실한 삶이다. 퇴계는 이것을 강조하여 '벼슬이 낮은들 무엇을 탄식하며, 효도하다 죽었으니 무엇을 원망하랴?'라고 했다. 학유와 사록, 그리고 함안군수를 지냈으니 높은 벼슬을 했다고 할 수 없고, 아버지의 상중에 죽었으니 효도하다 죽었다고 할 수 있다. 이 때문에 탄식할 필요도 원망할 필요도 없다고 했다. 길흉과 화복은 알 수 없는 것이지만 삶에 대한 이치는 분명하니, 다만 그 이치를 힘써 수행할 따름이라 했다. 퇴계 삶의 자세 역시 조효연의 묘갈명 가운데서 잘 읽힌다.

효심과 애민, 그리고 절의
산청 문익점 효자비

산청에는 퇴계와 교분이 깊은 사람들이 많다. 입석立石의 안분당安分堂 권규權逵, 1496~1548, 배양培養의 청향당淸香堂 이원李源, 1501~1569이 그러하고, 퇴계와 남명의 제자인 서계西溪의 오건吳健, 1521~1574 역시 주요 인물이다. 이들은 때로는 만나 시문을 짓고, 때로는 경전을 읽으며 도의를 강마하였다. 여기서 우리가 주목할 필요가 있는 것은 바로 남명南冥 조식曺植이다. 남명은 퇴계와 한 번도 만난 적이 없지만 신교神交로서의 관계를 유지하면서 16세기의 지성사를 풍부하게 했다. 안분당이나 청향당 역시 퇴계 · 남명과 더불어 학문을 토론하였으며 이

들과의 관계 속에서 그들의 정체를 찾고자 했다. 다음 기록은 시사하
는 바 크다.

> 9월 16일 침상에서 돌아가셨다. 임종 때 자제들에게 명하여 부축해 일
> 으키게 하고서는 '내가 퇴계와 남명 두 친구를 다시 볼 수가 없는 것이
> 한스럽구나'라고 말씀하셨다. 종이와 붓을 가져오게 하여 편지에 쓸 말을
> 불러 주려하였으나 입이 말라 말을 할 수가 없었다. 손을 내저어 부녀자
> 들을 가까이 오지 못하게 하고, 똑바로 눕히게 한 뒤 편안히 돌아가셨다.

이것은 『청향당연보』 69세조^{1569년}에 기록된 청
향당의 고종^{考終} 장면이다. 청향당은 이원의 당호이
면서 아호인데, 그는 무엇 때문에 죽으면서까지 퇴
계와 남명을 떠올리고, 편지까지 하려했을까? 과연
그러했을까? 『청향당연보』의 고종장면을 기록대로
믿기는 어렵지만, 청향당이 퇴계·남명과 함께 도
의를 닦으며 친분을 돈독히 했던 것은 틀림이 없는
사실이다. 『퇴계집』에는 퇴계가 청향당에게 준 시
가 12수, 서찰이 13편 전하며, 『남명집』에는 남명이
청향당에게 준 시 10수가 남아 있어 이들의 돈독한
우의를 확인하기에 충분하기 때문이다.

▲ '효자리'의 구비와 신비

산청의 선비들은 고향의 인물인 삼우당^{三憂堂} 문익점65)^{文益漸, 1329~}
1398을 특별히 주목하였다. 남명은 삼우당이 목화씨를 우리나라에 들

여와 백성 사랑하기를 실천으로 옮긴 점을 중시하면서 「삼우당문공묘사기三憂堂文公廟祠記」를 썼다. 여기서 그는 중국을 갔다가 '3년 만에 풀려서 돌아오는데 도중에 목화를 보았다. 엄중하게 금하는 법을 돌아보지 않고, 남모르게 감추어서 돌아와 우리나라에 번식시켰다. 우리나라 백성들에게 만세토록 혜택을 입도록 했으니, 그 공됨이 어찌 작다고 하겠는가?'라며 극찬하였다. 그는 효도로 유명하기도 하다. 남명 역시 문익점의 효도에 대하여 기록한 적이 있지만, 퇴계는 특히 이 부분을 부각시키며 글을 시작하였다.

▲ 면화시배사적비

　강성현(江城縣) 남쪽 배양산 마을은 전조(前朝) 고 사의대부 문공의 본거지이다. 이 마을에 효자비가 있으니 홍무 16년 계해에 조정이 공의 효행을 정표한 것이다. 처음 공이 그 모친의 복을 입고 산중에 있다가 왜적의 침입을 만나 지나는 곳마다 학살을 자행하므로 백성들은 모두 도망쳐 숨었다. 그러나 공은 홀로 상복을 입고 전을 올리면서 제상 앞에 엎드려 울부짖으며 죽어도 버리고 가지 않기를 맹세하므로 왜적 또한 감탄하여 그 효성을 칭송하면서 해치지 않았다. 그러므로 그 모친의 궤연(几筵)이 참화를 면하였다.

퇴계가 쓴 「전조고좌사의대부문공효자비각기前朝故左司議大夫文公孝子碑閣記」의 들머리다. 퇴계는 여기서 문익점의 효성에 대하여 극찬하고 있다. 왜적들의 침입에 다른 사람들은 모두 피난을 하였으나 문익점은 홀로 어머니의 묘소 앞에서 정성을 다하니 왜적이 감탄하여 해치지 않았다고 했다. 남명 역시 이 부분을 주목하여, '도적들도 감탄해서 나무를 깎아, "효자를 해치지 말라^{勿害孝子}"라는 네 글자를 써 놓고 갔다'고 하였다. 문익점의 효도만으로 그를 모두 말했다고 할 수 없으므로, 퇴계는 그가 백성을 향해 끼친 공은 바로 목화를 들여온 것이라 생각했다. 이 대목을 잠시 들어보자.

우리나라 땅이 목화를 심기에 마땅하다는 것을 개벽 이래 수 천 년 동안 알지 못하였다. 하늘은 그 이로움을 내어 주지 않았고 땅은 그 보물을 기르지 않았다. 다만 공의 한 몸이 타국에서 추방을 당하였을 때 한 묶음 행장 속에 갖고 온 후에 이 땅의 산물이 되어 백성들의 재물을 증식해 주고 국가의 수용을 만족케 하여 넉넉하지 않음이 없었으니 이 얼마나 훌륭한가? …… 오직 삼한의 억만창생이 알몸의 추위를 면하였을 뿐 아니라 일국의 의관과 문물을 확실히 새롭게 하였다.

목화의 재배는 문익점이 1363년^{공민왕 12} 서장관66)^{書狀官}으로 원나라에 갔다가 귀국하면서 목화씨를 붓통 속에 넣어 와서 그의 장인 정천익^{鄭天益}과 함께 키움으로써 시작되었다 한다. 그곳이 바로 지금의 산청 배양마을이며, 문익점의 아들 문래^{文来}가 제사법^{製絲法}을 발명하였으며, 손자 문영^{文英}이 면포짜는 법을 고안하였다 한다. 어쨌든 퇴계는 목화의 출현이 우리나라 의생활에 커다란 변화를 가져다준 것으로 인식하고 목화를 들여온 문익점의 공을 애민의식에 입각하여 드높였다.

퇴계는 문익점을 절의의 측면에서 주목하기도 했다. '공의 효성이 이미 사생^{死生}에 임하여 빼앗을 수 없는 절의가 있었으니, 혁명하여 나라를 바꿀 때 마음을 달리 하지 않았을 것은 알 만하다. 이것이 곧

▶ 삼우당 문익점 효자비각

공이 만년에 병을 핑계로 벼슬하지 않은 이유이니 대개 다가올 일을 보고 미리 대처한 것이다.'라고 한 것이 그것이다. 혁명 전에 출사한 적이 있고 조준趙浚, 1346~1405의 탄핵을 받은 일이 있기도 하지만 퇴계는 문익점을 더럽힐 수는 없다고 생각했다. 그의 대절은 너무나도 뚜렷하지만 사람들이 알지 못하니 한탄스럽다고 생각했던 것이다.

삼우당 문익점에 대한 퇴계의 글은 청향당 이원의 요청에 의해 이루어졌다. 당시 단성현감 안전安瑑, 1513~?이 문익점의 효자비가 노천에서 비를 맞는 것을 보고 안타깝게 여겨 비각을 세우고, 이에 따른 글을 필요로 했다. 그리하여 퇴계와 친분이 두터웠던 청향당이 남명의 묘사기廟祠記와 함께 전후 사적을 갖추어 퇴계에게 의뢰하였고 퇴

계는 이 요청을 흔쾌히 받아들였던 것이다. 따라서 퇴계는, '전후 사
적을 갖추어 지識와 기記를 청한 것은 이원李源이다. 전에 묘사廟祠의 지
誌를 쓴 이는 방장산인方丈山人 조식曺植이며, 후에 비각의 기를 쓴 사람
은 퇴계 노인 이황이다'라고 기록하며 이 글을 마무리했다.

3

남도의 퇴계와 남명 이야기

색은 참기가 참으로 어렵소

퇴계는 일찍이 남명과 한가하게 말을 주고받은 적이 있었다. 퇴계가
말했다.

"주색은 사람들이 좋아하는 것인데, 술은 그래도 참기 쉽지만 색은 참
기가 참으로 어렵소 소강절邵康節의 시에 '색능사인기色能使人嗜'라고 한 것
또한 그 참기 어려움을 말한 것일 테지요 그대는 색에 있어서 어떠시오?"

남명이 웃으며 말했다.

"나는 색에 있어서는 패군지장敗軍之將이니, 묻지 않는 것이 좋겠소"

퇴계가 다시 말했다.

▶ 김홍도의 미인도

　　"나는 어렸을 때는 참으려 해도 참을 수 없었는데, 중년 이후부터는 자
못 참을 수 있었으니 정력定力이 없지는 않기 때문이오"

　　그때 송익필이 자리에 있었는데, 그는 출신은 낮으나 시에 능한 사람
이었다. 익필이 말했다.

　　"제가 일찍이 읊은 시가 있습니다. 어르신께서 한 번 보아주시기를 바
랍니다."

　　곧바로 외워서 아뢰었는데, 그 시는 이렇다.

옥잔의 좋은 술 전혀 그림자 없고,	玉盃美酒全無影
눈같이 흰 뺨에 살짝 서린 노을 흔적 조금 있네.	雪頰微霞乍有痕
그림자 없고 흔적 있는 것이 다 마음을 즐겁게 하는데,	無影有痕俱樂意
즐거우면 경계할 줄 알아야지 은혜는 남기지 마소	樂能知戒莫留恩

뜻이 깊고 절실하다. 퇴계는 읊어보고서 좋다고 칭찬했고, 남명은 웃으면서,

"이 시는 패군지장이 경계하는 데에 어울리는구려."

라고 하였다.

이 설화는 유몽인67)柳夢寅, 1559~1623이 『어우야담於于野譚』68)을 통해 전한 이야기다. 퇴계와 남명은 한 번도 서로 만나지 않았다. 이 때문에 정홍명鄭弘溟, 1592~1650은 『기옹만필畸翁漫筆』에서 '퇴계는 남명과 시대가 같고 동갑이며 한 도에 함께 있었지만 끝내 만나본 적이 없었다 한다. 이것은 그들의 의논議論이 서로 달라서 그러한 것인가? 그렇지 않다면 옛날에 '천고의 윗사람을 벗 삼는다'고도 하였으며 '천릿길을 가서 만나본다'고도 하였는데, 이것은 또 무엇 때문이었던가?'라고 하였다. 서로 편지를 주고받으면서 학자들의 바른 태도와 출처에 대한 여러 가지 문제를 논의하였을 뿐, 이렇게 서로 만나지 않았던 것이다. 어쩌면 의도적이었는지도 모를 일이다. 퇴계의 첫째 부인 허씨의 집안이 의령 가례마을에 있었고, 둘째 부인 권씨의 친정 아버지도 거창 영승마을에 있었기 때문에 퇴계는 여러 차례나 의령 일대를 다

▲ 남명 조식(1501~1572)

녀갔다. 그러면서도 퇴계는 남명을 방문하지 않았던 것이다.

위의 이야기는 남명과 퇴계가 만났고, 그것도 주색에 대해서 이야기했다고 한다. 여기에다 서출인 송익필宋翼弼, 1534~1599까지 등장시켜 상황을 더욱 재미있게 했다. 조경남趙慶南이 『난중잡록亂中雜錄』에서 이야기하고 있듯이 '퇴계·남명 두 선생이 한 시대에 같이 나서, 도학을 제창하여 사람의 마음을 밝히고 사람의 기강을 바로잡는 일을 자신의 책임'으로 하였으니, 만일 이들이 서로 만났다면 당연히 시대를 걱정하며 '도학'을 계승하는 일을 두고 이야기했을 것이다. 그러나 유몽인은 이같이 당연한 이야기는 하지 않았다. 퇴계와 남명이 주색을 소재로 삼아 이야기했다고 하였으니 이 두 분을 우리에게로 더욱 가까이 오게 했다.

사실 퇴계와 남명의 호색에 관한 이야기는 다양하게 전한다. 『화헌파수록華軒罷睡錄』에 의하면, 퇴계가 젊었을 때 세 가지 잘하는 버릇이 있었는데 첫째는 여색을 좋아하되 아름다움과 추함을 가리지 않는 것이요, 둘째는 말하기를 좋아하되 시비를 잘 따지는 것이요, 셋째는 여행을 좋아하되 정처없이 떠나는 것이었다고 한다. 그런데 어느 날 신자腎觜·설자舌觜·족자足觜 등 '세 끝을 조심하라'며 글 읽는 소리를 듣고 그 버릇을 고쳤다고 한다.

남명의 호색 역시 다양하게 나타난다. 노명흠盧命欽, 1713~1755의 『동패낙송東稗洛誦』 등에 의하면, 남명이 평생 동안 얻고자 하는 것은 준마駿馬·미희美姬·보검寶劍 등 세 가지였다. 그런데 준마와 보검은 구하였으나 미희는 아직 얻지 못했다. 준마를 타고 보검을 들고 관동지방으로 가다가 아름다운 여인을 만나게 되고, 그 여인의 인도에 따라 남녀가 부정한 짓을 하는 장면을 목격하고는 남명이 그들을 단칼에 죽인 후, '외물에 유혹되어 평생을 그르칠 뻔하였다'라고 하면서 말을 놓아주고 칼을 분지르며 대오각성하였다는 것이다.

어쨌든 이 이야기에는 나름대로 의도가 있다. 즉 만나지도 않은 퇴계와 남명을 만나게 하여 이들과 같은 도학자도 주색에는 자유롭지 않았으니, 특히 우리는 더욱 철저히 주색을 경계해야 한다는 것이었다. 이와 함께 시 잘 짓는 송익필을 내세워 그의 시적 능력이 탁월하다는 것도 보였다. 즉 옥잔에 가득 담긴 미주美酒나 하얀 뺨을 지닌 미녀美女가 비록 사람의 마음을 즐겁게 하지만 미련을 남기지 말아야 한다고 했다. 이에 퇴계는 고개를 끄덕이며 칭찬했고, 남명은 패군지장敗軍之將에게 경계가 되는 시라며 웃었다. 결국 이들은 술과 여자를 두 가닥의 마魔의 실로 보고, 경험을 쌓은 새도 여기 잘 걸려드니 경계의 고삐를 늦추지 말자는 것이었다.

솥장수 퇴계와 숫돌장수 남명

산청군 덕산에 사는 남명은 도술이 대단했다. 서당에 다닐 적에 나무를 거꾸로 심어놓았지만 그 나무가 아직까지 살아 있다.

남명이 공부를 마치고 특별히 다른 일도 없어서 숫돌장수를 하게 되었다. 대나무로 만든 지게에다 숫돌을 가득 담아 지금의 신안면 문태리 쪽에서 합천과 의령 쪽으로 와서 팔곤 하였다.

그러던 어느 날 지금의 산청군 생비량면 숫을령 꼭대기에서 점심을 먹었다. 점심은 주먹밥이었는데 항상 지게에다 매달고 다녔다. 이처럼 점심을 먹으며 쉬고 있을 때, 솥장수를 하던 퇴계가 숫을령을 넘어오고 있었다. 당시 퇴계는 의령 쪽에서 산청 쪽으로 와서 솥을 팔았던 것이다.

솥이 무거운지라 퇴계는 도술로 세 발 달린 솥을 걸리며 올라오는 한편, 점심 때가 되었기 때문에 걸어 올라가는 솥으로 밥도 지었다. 밥은 이제 막 펄펄 끓어 넘치고 있었다. 솥을 걸리며 올라온 퇴계는 주먹밥을 먹고 있는 남명 앞에 섰다. 그리고 남명에게,

"자네는 누구인가?"

라며 자신의 도술을 뽐내면서 물었다. 그리고 속으로 이쯤 되면 나의 도술을 따라올 사람은 없을 것이라 생각했다.

이 광경을 솟을령 꼭대기에서 보고 있던 남명은 저것이 무슨 도술이라고 함부로 삿된 술수를 부리는가 싶었다. 그래서 이렇게 대꾸했다.

"왜 묻느냐? 그런 사술은 부리지 마라. 고약한 놈 같으니."

남명의 이 대꾸에 퇴계는 놀라지 않을 수 없었다. 남명은 계속해서,

"네가 술術을 부리려거든 나를 한 번 보아라."

라고 말했다. 그리고 숫돌이 가득 실린 두 발밖에 없는 대나무 지게를 짜박짜박 걸리면서 큰 소리로 웃으며 의령 쪽으로 내려갔다.

이 기막힌 광경을 본 퇴계는 너무 놀라 뒤로 넘어지고 말았다.

위 이야기는 경남 의령군 봉수면 일대에 구비전승되는 이야기다. 남명이 나무를 거꾸로 심었으나 그 나무가 지금까지 살아 있다고 하면서 제보자는 우선 남명의 도술적 능력이 뛰어났음을 보였다. 이 같은 생각에 기반하여 퇴계와 도술시합을 하게 하였으니 남명이 이 시

▲ 퇴계와 남명이 함께 배향된
배산서당 도동사

합에서 이길 것은 자명한 이치이다. 이 설화는 의령과 산청의 경계지점에 있는 솟을령을 중심으로 퇴계와 남명이 도술시합을 벌였고, 이 과정에서 남명이 사술을 부리는 퇴계를 도술로 꾸짖어 승리했다는 지극히 단순한 구조로 되어 있다. 하지만 함의하고 있는 내용은 범상치 않다. 즉 공간적 배경을 산청과 의령의 경계지점으로 설정했다는 점, 그 경계지점에서 남명이 퇴계와 도술시합을 벌였다는 점, 도술의 측면에서 남명이 퇴계에 비해 우세하다는 점 등에 포함되어 있는 이면적 의미가 그것이다.

먼저, 공간적 배경을 산청과 의령의 경계지점으로 설정한 점부터 생각해보자. 이렇게 설정한데는 그럴만한 이유가 있다. 즉 퇴계의 처가가 의령의 가례이니 퇴계는 이곳을 그 근거지로 삼을 만하고, 남명의 만년 강학지가 산청의 덕산이니 남명은 이곳을 그 근거지로 삼을 만하다. 여기에 주요 거점을 마련해두고 남명은 퇴계가 있는 의령으로, 퇴계는 남명이 있는 산청으로 가다가 그 경계지점인 솟을령 꼭대기에서 만났다. 이는 퇴계와 남명이 낙동강을 사이에 두고 학파를 형성하고 있었다는 것을 암시한다. 산청과 의령 모두 경상우도이지만, 특히 의령을 선택한 것은 경상도 전체를 경상우도 안으로 축소하자니 퇴계의 연고지인 이곳을 설정할 수밖에 없던 것이었다. 그러니까 남명의 근거지 산청을 경상우도로, 퇴계의 근거지 의령을 경상좌도로 축소 적용한 것이다.

▲ 신도비와 남명상

　다음으로, 솟을령을 중심으로 퇴계와 남명이 도술시합을 벌였다는 점은 이들의 갈등을 의미한다. 퇴계는 의령에서 산청 쪽으로 넘어와 물건을 판다고 했고, 남명은 산청 쪽에서 의령 쪽으로 넘어와서 물건을 판다고 했다. 남명은 의령 쪽에 숫돌을 내다 팔았고, 퇴계는 산청 쪽에 솥을 내다 팔았다. 남명이 퇴계의 영역인 의령으로, 퇴계가 남명의 영역인 산청으로 서로의 물건을 팔았다고 하니 이것은 이들 각각의 영향력이 상대방의 주요 근거지까지 미쳤다는 것을 의미한다. 그 사이에서 당연히 충돌이 일어날 수밖에 없었을 터인데, 이것이 도술시합으로 나타났던 것이다.

　마지막으로, 남명이 퇴계보다 우세하다고 본 점에 대해서다. 이것

▲ 퇴계의 묘소

은 남명이 퇴계의 솥을 걸리며 올라오는 도술을 '사술邪術'로 규정하고 꾸짖었다는 것과 남명의 도술, 즉 지게를 걸리며 내려가는 것을 보고 퇴계가 뒤로 넘어졌다는 것에서 알 수 있다. 남명이 퇴계를 비판한 것 가운데 널리 알려진 것은 퇴계가 여러 제자들과 함께 입으로만 성리性理를 논하고 실천을 등한시한다는 것이었다. 위의 설화 속에서 이것이 구체적으로 나타나지는 않지만 남명이 퇴계의 술術을 '사邪'로 보고 자신의 술을 '정正'으로 보았다는 데서 이 설화가 지향하는 의미를 짐작할 수 있다. 남명이 퇴계보다 우세하다는 것은 이 설화가 경상우도, 즉 남명권에서 생성된 것이기 때문이다. 사실 솥을 걸리며 올라오고 아울러 밥까지 한다고 했으니 퇴계의 도술이 더욱 대단하다. 그러나 퇴계의 도술에 비해 다소 낮은 단계일 듯한 남명의 도술을 오히려 낫다고 하였다. 이는 퇴계의 표면적 우세가 경상우도에서는 그렇지 않을 수도 있다는 것을 명확히 보여준 대표적인 사례라 하겠다.

퇴계와 남명이 먹다가 뱉어 낸 물고기

퇴계와 남명이 지금의 세심정 근처에서 도술시합을 하였다. 시천^{矢川}의 물고기로 회를 쳐서 먹고 그것을 다시 뱉어내 살리는 시합이었다.

퇴계가 고기를 한참 씹다가 먼저 뱉어냈는데, 살기는 하였으나 눈이 한 쪽으로 돌아가고 말았다. 본래의 상태에서 많이 훼손되었을 뿐만 아니라 힘없이 떠내려 갈 뿐이었다.

이를 보고 남명은 웃으면서 역시 고기를 한참 씹다가 뱉어냈다. 그러자 남명의 물고기는 두 눈이 온전할 뿐만 아니라 힘차게 물을 거슬러 올라갔다.

▶ 덕천서원 앞 세심정

경남 산청군 시천면에서 구비전승되고 있는 이야기다. 지금의 덕천
서원 일대에서 전해지는 것이니 퇴계와 남명의 경쟁에서 남명이 이겼
다고 하지 않을 수 없을 것이다. 퇴계와 남명을 경쟁자로 설정해 두
고 그 경쟁의 방법은 회를 먹고 다시 뱉어내는 것이었다. 여기서 남
명이 먹다 뱉어 낸 고기가 물을 거슬러 올라갔다고 했으니 남명이 이
긴 것이었다. 이 이야기는 덕천강 주변에 있는 '먹던 꺾지 뱉어내기'
설화와 경북 포항시 남구 오천읍 항사리 운제산에 있는 '오어사吾魚寺'
의 사찰연기 설화와 서로 착종되면서 퇴계와 남명의 도술겨루기 이야
기로 생성된 것이다. 여기서는 혜공惠空과 원효元曉가 등장하는 오어사
설화를 중심으로 살펴보기로 하자.

(가) 하루는 혜공과 원효가 시냇가에서 고기를 잡아서 먹고는 돌 위에서

대변을 보았다. 혜공이 그 똥을 가리키며 '너는 똥을 누고 나는 고기를 누었다(汝屎吾魚)'고 말했다. 이 때문에 '오어사'가 되었다. 어떤 사람은 원효가 말한 것이라 하나 잘못된 것이다.

(나) 혜공과 원효가 물고기를 잡아먹고 똥을 누었더니 혜공의 똥에서 살아 있는 물고기가 나왔다. 혜공은 이를 가리켜 '내 고기'라고 말했다. 이 때문에 오어사라 이름 지었다.

(다) 혜공과 원효가 함께 오어사의 계곡에 와서 물고기를 잡아먹고 물에 똥을 누었다. 고기 두 마리가 거기서 나와 한 마리는 물을 거슬러 올라가고 다른 한 마리는 물을 따라 떠내려 갔는데, 올라가는 고기를 보고 서로 자기(吾)의 고기(魚)라고 한 데서 사찰의 이름이 생겼다.

▼ 오어사 대웅전

위의 이야기는 모두 오어사의 연기설화로, 그 이야기가 어떻게 변이되어 가는지를 잘 보여준다. (가)는 『삼국유사·의해』「이혜동진二惠同塵」조에 나오는 구절인데, 여기서 혜공은 '여시오어汝屎吾魚', 즉 네가 눈 것은 똥이고 내가 눈 것은 고기라고 희롱하면서 성격이 활달한 젊은 원효를 일깨워주고 있다. 물을 독사가 먹으면 독이 되고 젖소가

▶ 오어사 전경

먹으면 우유가 된다는 것과 같은 논리로, 고기도 어떤 사람이 먹는가에 따라 냄새나는 똥이 되기도 하고, 살아 있는 고기가 되기도 한다는 것이다. '여시오어'는 '네가 눈 똥은 나의 고기'라 해석하기도 한다. 원효가 오어사의 전신인 항사사恒沙寺에서 광언狂言을 했다는 '항사광언恒沙狂言'을 근거로 원효가 말한 것이라 하기도 하고, 원효보다 한 세대 앞선 혜공이 원효에게 한 이야기라 하기도 한다.

(나)는 『신증동국여지승람』 「영일현迎日縣 · 불우佛宇 · 오어사吾魚寺」조
인데, 여기서는 (가)의 것이 많이 변이된 것을 알 수 있다. 즉 (가)에서
는 '여시', '오어'가 상징적인 의미로 쓰인 데 비해 '오어'를 혜공의
똥에서 진짜 고기가 살아났다고 해서 '오어사'라고 이름한다고 했다.
이는 혜공이 신이한 행적을 많이 남겼다는 이야기와 무관하지 않다.
공중에 뜬 상태에서 입적하였으며, 사리는 헤아릴 수 없이 많았으며,
빗속을 걸어가도 비에 젖지 않았으며, 우물 속에서 몇 달을 지내도
젖지 않았다는 등의 이야기가 그것이다. 이 같은 신이한 행적에 대한
이야기가 (가)와 결부되면서 많은 변이가 일어난 것이다.

(다)는 (나)보다 더 많은 변이를 보이는 것으로 현재 가장 많이 구
전되는 설화이다. 여기에는 경쟁이 있다. 고승 혜공과 그의 제자 원효
는 혜공이 만년에 항사사에 살았을 무렵 만났다. 진덕여왕647~653대
쯤이다. 이 시기 원효는 30대 초에서 중반이었고, 『삼국유사』의 기록
에 보이듯이 '매취사질의每就師質疑', 즉 스승 혜공에게 나아가 많은 것
을 질의했다 하니 원효가 혜공에게 많은 것을 배운 것으로 보인다.
둘 다 성품이 활달하고 행동에 막힘이 없는지라 도술 경쟁을 하였다
고 민중은 보고, 제자 원효 역시 스승 혜공에게 절대로 지지 않았을
것이라고 생각했다. 이 때문에 위로 올라가는 고기를 스승과 제자는
서로 '내 고기吾魚'라 했던 것이다.

여기서 우리는 앞서 제시한 퇴계와 남명이 벌인 도술시합의 연원
을 이해하게 된다. 그것은 멀리는 (가), 즉 『삼국유사』에, 가까이는 오

늘날 오어사 연기설화로 많이 유포되어 있는 (다)에 근거를 두고 있었던 것이다. 그러니 혜공과 원효가 남명과 퇴계로 그 이름이 바뀌었으며, 똥을 누었던 것이 아니라 물고기를 입으로 씹다가 뱉어냈다고 했다. 꺾지 먹다 뱉어내기 이야기가 변용된 결과이다. 이와 같이 오어사 연기설화는 퇴계와 남명의 도술겨루기 이야기로 발전하면서도 혜공과 원효의 이야기와는 다르게 우열을 분명히 설정한다. 즉 남명이 뱉어 낸 고기가 물살을 거슬러 올라갔다고 하여 남명이 퇴계에 비해 도술이 훨씬 뛰어나다고 본 것이었다. 산청이라는 남명의 연고지에서 전승되는 것이기 때문에 가능할 수 있었다.

퇴계와 남명의 시세계

퇴계는 이렇게 읊었다.

이슬 머금은 풀이 곱게 물가를 둘렀는데,　　　　露草夭夭繞水涯
작은 연못이 맑고 깨끗해 모래도 없다.　　　　小塘清活淨無沙
구름 날고 새 지나감은 원래 상관되는 것,　　　　雲飛鳥過元相管
다만 두려운 것은 때때로 제비가 물결을　　　　只怕時時燕蹴波
차는 것이라네.

그리고 남명은 이렇게 읊었다.

새로운 물은 푸른 구슬보다 맑아,　　　　　　　　新水淨於靑玉面
나는 제비가 물결 차 생긴 흔적 싫기만 하네.　　　爲憎飛燕蹴生痕

두 선생의 청명하고 고요하며 편안한 심지가 대략 서로 비슷하기 때문에 그분들의 시 또한 약속을 하지 않았는데도 이와 같이 동일하다.

회봉晦峰 하겸진河謙鎭,1870~1946은 『동시화東詩話』에서 퇴계와 남명의 시에 대하여 위와 같이 언급했다. 회봉은 온유돈후溫柔敦厚하여 평명平明한 시를 제일로 보았다. 그리고 맑고 새로우며 강한 기상이 있는 것을 다음으로 보았으며, 말이 괴이하고 운율에 변화를 준 기교적인 시도 하나의 시체詩體로 인정을 하였다. 예컨대 익재益齋 이제현李齊賢, 1287~1367의 시 가운데,

갠 날 깊은 정원에서 어지러이 떨어지려는데,　晴日欲迷深院落
작은 연못에는 봄 물결도 일지 않네.　　　　　春波不動小池塘

라는 구절을 들어, 천 년만에 한 번 나올 절창이라 하였다. 갠 날의 어지러움과 봄물결의 움직이지 않음은 서로 어긋나는 것처럼 보이지만, 이것은 말로 직접 표현할 수 없는 묘리를 말한 것으로 깊이 음미해 보면 알 수 있기 때문이었다. 이 같은 안목으로 회봉은 퇴계와 남명의 위 시를 선택했고, 또한 퇴계와 남명의 청명하고 고요한 심지 및 이와 관련한 그들의 시세계가 동일한 것임을 강조하였던 것이다.

▲ 덕천서원

   그러나 퇴계와 남명의 시세계는 동일한 것이라 하기 어렵다. 위에서 제시한 퇴계의 시는 「야지野池」의 전문이며, 남명의 시는 「강정우음江亭偶吟」의 일부이다. 여기에 문제가 있다. 남명의 「강정우음」은 기구起句와 승구承句가 생략되어 있는데, 이를 들어보기로 한다. 이 시에 대한 남명의 시적 상상력을 전부 알 수 있기 때문이다.

높다란 다락에 병들어 누워 낮 꿈이 번거로운데,   臥疾高齋晝夢煩

몇 겹의 구름과 나무가 도화원을 격리시켰나?   幾重雲樹隔桃源

▶ 도선서원

물론 생략된 채로 퇴계와 남명의 시를 비교해보면 회봉의 말대로
두 사람의 청명하고 고요한 심지 및 이와 관련한 시세계가 나타난다.

회봉이 남명의 「강정우음」에서 앞의 두 구절을 생략한 것은 남명의 개성적 작품세계를 퇴계의 작품세계에 억지로 맞추려고 한 데서 비롯되었다. 그렇다면 남명의 작품을 온전히 하여 두 시가 지향하는 의미를 다시 보도록 하자.

퇴계의 「야지」과 남명의 「강정우음」은 모두 제비로 표상된 인욕을 막고 물결로 표상된 천리를 보존하려는 주제를 담고 있다는 측면에서 동일하다. 인욕은 막아야 하고 천리는 보존해야 하는 것이라고 유가들은 공통적으로 생각했다. 본연지성本然之性은 그렇게 하여 회복된다고 믿었기 때문이다. 이것을 인정하였으므로 퇴계와 남명은 위와 같은 작품을 남기게 되었던 것이다. 그러나 그 강도에 있어서는 사뭇 다르다. 퇴계는 인욕의 침범에 대하여 '두려워한다怕'고 하며 조심하고 있는 반면, 남명은 '싫어한다憎'고 하며 척결하려 하고 있기 때문이다.

퇴계는 작은 연못의 맑고 깨끗함을 들어 본연지성의 맑고 깨끗함을 말하려 했다. '운비雲飛'와 '조과鳥過'를 들어 천리가 유행하는 것도 보였다. 남명 역시 이상공간理想空間인 도원을 닮은 정자의 맑은 분위기를 설정해 놓고 본연지성을 해치는 제비를 물리치고 청옥靑玉보다 맑은 물을 지켜야 한다고 했다. 그러나 남명은 기구에서 번거로운 낮꿈을 제시하면서 자연과의 합일에 균열이 발생하고 있음을 고백하고 있다. 이것은 현실세계에서 침범하는 다양한 고뇌에 기인한 것이며, 따라서 여기에 맑고 밝은 심상이 드러난다고 하기 어렵다.

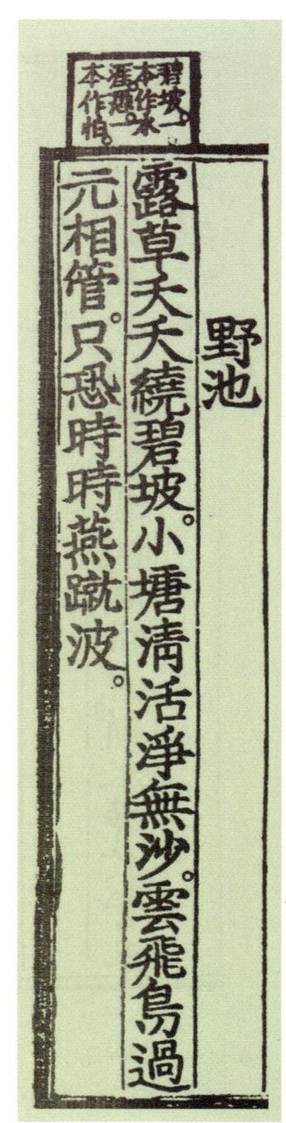

▲퇴계의 「야지」

갈암萬庵 이현일李玄逸, 1627~1704은 퇴계와 남명의 두 시를 들고 다음과 같이 언급한 적이 있다.

> 모두 천연한 자득의 정취가 있다. 다만 퇴도의 시에는 고요할 때 마음을 보존하고 움직일 때 성찰하여 사물이 오면 거기에 순응하는 기상이 있지만, 남명의 시에는 곧 공적(空寂)을 주장하여 마음에 사물이 없는 생각을 구하여 비추고 있다.

갈암은 퇴계와 남명의 시는 같으면서도 다른 시라고 보았다. 같은 점은 모두 천연자득天然自得의 정취가 있다는 것이다. 즉 퇴계의 「야지」와 남명의 「강정우음」에는 수양론과 관련하여 천리유행과 이에 따른 자득지취自得之趣가 담겨있다는 것이다. 그러나 퇴계가 성리학에 더욱 철저하여 정시靜時에는 존양存養을, 동시動時에는 성찰省察을 나타내고 있는데 비해, 남명의 작품에는 불교에서 지향하는 공적空寂을 주장하고 있다고 했다. 이에 따라 그 지향하는 세계도 달라 퇴계는 '순응의 기상'이 있으며, 남명은 '무물無物의 의사'를 구한다는 것이다. 갈암은 퇴계학파의 적통답게 성리학적 순수성에 입각하여 퇴계를 높이고자 했기 때문에 이 같은 판단을 할 수가 있었다. 어쨌든 퇴계의 「야지」와 남명의 「강정우음」은 두 분의 정신세계를 분별할 수 있는 중요한 자료가 됨에는 틀림이 없다.

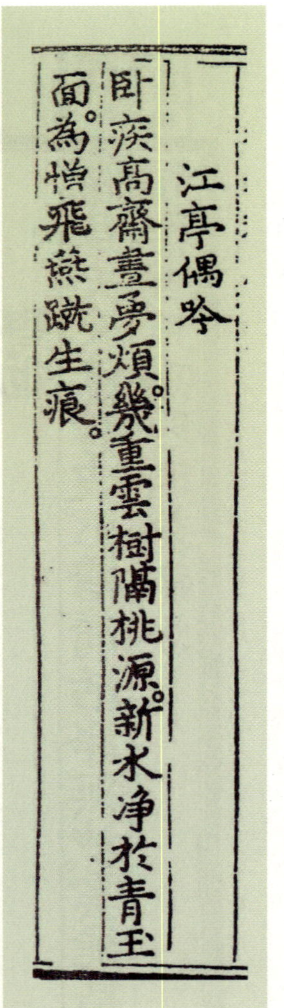

▲ 남명의 「강정우음」

부록

나의 위대한 스승 퇴계 : 『도산사숙록』

정약용(丁若鏞, 1762-1836)

을묘년(정조 19, 1795) 겨울 나는 금정(金井)[69]에 있었다. 마침 이웃 사람을 통하여 『퇴계집』 반부(半部)를 얻게 되었다. 매일 새벽에 일어나 세수를 마치고 나서 곧 '누구에게 보낸 편지' 한 편을 읽고 나서야 아전들의 인사를 받았다. 낮에는 그것을 한 조씩 풀어 기록하여 스스로를 깨우치고 살폈으며, 돌아와서 『도산사숙록(陶山私淑錄)』이라 이름 하였다.

1. 상국(相國) 이준경(李浚慶)에게 답하는 편지에서

"재상(宰相)의 인물에 대한 한 글자의 인정이 왕공(王公)의 옷보다 영화롭고, 한 마디 말의 배척이 도끼보다 엄합니다."

이것은 선생이 겸손으로 한 말이다. 이제 문장을 끊어 뜻을 풀이해

보면, 대개 윗사람이 된 이는 마땅히 여기에 신중해야 한다는 것이다. 사람들은 매양 스스로 경시하기도 하고 스스로 업신여기기도 한다. 그러므로 입에서 나오는 대로 헐뜯거나 칭찬하고 손에 닥치는 대로 누르거나 부추겨, 그 사람의 영욕榮辱과 이해利害가 이처럼 아주 판이해진다는 것을 알지 못한다. 인정해서는 안 될 사람을 인정하는 것은 잘못이 오히려 나에게만 있을 뿐이지만, 배척해서는 안 될 사람을 배척하는 것은 해가 장차 남에게 미칠 것이니 삼가지 않을 수 있겠는가? 하물며 은혜와 원한이 흔히 한 마디 말에서 말미암고 재앙과 복이 더러 한 글자의 글귀에서 일어나니, 명철明哲한 선비는 마땅히 독실하게 마음에 새겨두어야 할 것이다.

2. 상국 홍퇴지(洪退之 : 洪暹)에게 답하는 편지에서

"최여지(崔與之)는 예부상서(禮部尙書)로 나라에서 불렀지만 사직소를 13번이나 올리고 나아가지 않았고, 두범(杜範)은 고향으로 돌아가려 하자 임금이 명하여 성문을 닫아 버리고서 나가지 못하게 하였지만 오히려 틈을 엿보아 돌아갔습니다."

선생의 이 편지는 옛 사람의 득실得失과 출처出處를 서술하여 이리저리 엮어 문장을 만들었으니 대개 문장가의 한 가지 법이라 하겠다. 선생이 일생 동안 물러나는 것을 주로 하였기 때문에 무릇 고인이 물러난 사례를 모두 찾아 쓰일 때를 기다렸으니 그 애쓰신 마음과 굳은 지조를 알 수 있다. 세상의 헛된 이름을 외람되게 무릅쓰고 나아가기를 탐하는 사람이 어찌 백이伯夷와 같은 사람의 풍교風敎에 청렴해지지 않겠는가? 아! 임금의 은총을 못 잊고 이익과 봉록을 사모하여 머뭇거리며 결정하지 못하다가 마침내 죄의 그물에 빠진 사람이 고금을 통해 얼마나 많았던가? 선생의 덕망은 조정과 초야에서의 우러름이 거의 일치한다. 조정에 있더라도 반석磐石처럼 안전할 것 같은데도 오히려 이처럼 물러갔거늘 하물며 언행이 남에게 신임을 받지 못하고 비방이 세상에 날로 높아져 원한과 저주가 사면에서 집중되어 있는데도 머뭇거리고 떠나가지 않으려 한단 말인가? 슬프구나!

3. 홍퇴지(洪退之 : 洪暹)에게 답하는 편지에서

"명예를 훔치고 자리를 도둑질하여 가선대부(嘉善大夫)에 올랐고, 3일 동안 벼슬하다가 마음에 흡족하지 않아 곧 물러나서 다시금 거짓을 꾸몄습니다. 이름을 파는 것으로써 명예를 훔치고 자리를 도둑질하는 계단으로 삼아 자헌대부(資憲大夫)에 오르게 되었습니다."

선생의 이 편지는 지극한 정성과 간절한 성심 가운데 점잖은 익살을 넌지시 지니고 있다. 그러나 군자가 환난을 걱정하는 것이 치밀하다. 당시에도 경박하고 비루하며 패악悖惡한 무리가 혹 소인의 마음으로 성현聖賢을 헤아리는 자가 없을 줄 어찌 알겠는가? 따라서 남에게 혐의를 살 일은 대인 또한 멀리하셨던 것이다. 근세 조정에서는 '출처出處' 두 글자를 강구하는 사람이 없다. 대신 이하가 나아가고 물러나며 사양하고 받는 의리에 하나도 마땅한 것이 없다. 나아갈 수도 없고 물러날 수도 없는 어려운 처지여서 얼굴에 부끄러운 바가 있으니, 사대부의 풍절風節이 마당을 쓴 듯 모두 없어졌다. 염치廉恥의 도리가 사라지고 예의禮義가 따라서 허물어지니, 장차 이르지 않을 곳이 어디일까? 지금의 사람들에게 갑자기 옛날의 도道로 요구할 수는 없지만 진실로 성스럽고 밝아 배양培養에 유의하여, 지조와 절개를 꺾어 누르거나 구속하지 않는다면 몇 해 뒤에는 절의를 온전히 지키는 선비가 조금씩이나마 나올 것이다.

4. 판서 민기(閔箕)에게 답하는 편지에서

"나아가는 것이 옳아 나아가면 나아가는 것을 공손함으로 삼고, 나아가지 않는 것이 옳아 나아가지 않으면 나아가지 않는 것을 공손함으로 삼는 것이니, 옳음[可]이 있는 곳이 곧 공손[恭]이 있는 곳이다."

이것은 맹자孟子가 말한 '나만큼 왕을 공경하는 이가 없다.'는 것과 같다. '옳음[可]이 있는 곳이 곧 공손함이 있는 곳이다.'라는 한마디 말은 이것이야말로 '군자가 때에 알맞게 한다.[君子時中]'는 바로 그 뜻이다. 저울질하여 헤아리는 것이 지극히 정밀하여 옮기거나 바꿀 수가 없으니, 평생 동안 마땅히 생각하고 생각하여 잊지 말아야 하겠다. 사군자土君子가 벼슬길에 나아가 임금을 섬김에 있어 이 한마디 말로써 종신토록 몸에 지니는 부신符信으로 삼지 않는다면, 곧 임금의 뜻에 아첨하고 영합하는 것이 어느 지경엔들 이르지 않겠는가? 윗사람 된 이가 아랫사람을 대하고 대중을 거느리는데 있어서도 그 옳음과 그렇지 못함을 가만히 살펴보고, 순종과 교만의 좋고 나쁨으로 너무 빨리 공손과 오만을 결정하지 않는다면 거의 공평을 얻게 될 것이다.

5. 판결사 임호신(任虎臣)에게 보내는 편지에서

"선정(先正) 정여창(鄭汝昌) 공은 어느 고을 사람이며, 어느 해에 벼슬길에 올랐으며, 벼슬은 어떤 관직에 이르렀습니까? 안음현감(安陰縣監)이 된 것은 무슨 일로 인하여 그렇게 외직에 보임되었으며, 그가 죄를 얻게 된 것은 점필재(佔畢齋 : 金宗直) 문도였기 때문이라 하나 자세한 것은 또한 무슨 일 때문인지 모르겠습니다. 관북(關北)에 귀양간 곳이 정확히 어느 곳이며, 죄를 입은 해는 어느 해이며, 장사는 어느 지방에 지냈습니까? 아울러 일러주기 바랍니다."

선생 당시에도 오히려 일두─蠹 : 鄭汝昌의 행적을 알지 못함이 이와 같았다. 대개 선생 이전에는 유학자들이 사화土禍를 여러 번 겪어서 모든 전현前賢들의 언행言行이 다 없어져서 남은 것이 없었다. 그러므로 연대가 그다지 멀지 않았는데도 그 아득함이 이와 같았으니 어찌 개탄하지 않겠는가?

6. 송태수(宋台叟 : 宋麒壽)에게 답하는 편지에서

"전일 정상(丁相)이 나를 책망한 뜻도 '돌아와서 숙배(肅拜)한 뒤에는 자신이 하고 싶은 대로 하라.'라고 한 것이었습니다. 그러나 내가 생각하기로는 정상은 병이 없는 사람이므로 병의 고민을 알지 못한 것입니다. 또한 내가 전후로 물러나기를 간절히 바랐으나 이루지 못한 이유를 알지 못하고서 이런 말을 하는 것이니, 서로의 사정을 이해하지 못한 듯하여 전일 편지에서 그렇게 말하였던 것입니다. 그런데 지금 영공(令公)의 뜻을 살펴보니 정상이 나를 책망한 것과 비슷합니다."

정상丁相은 곧 우리 선조 좌찬성左贊成 충정공忠靖公 : 정응두를 말함을 두고 이른 것이다. 당시에 아마도 선생의 출처出處로써 책망한 말이 있었으므로 선생이 이렇게 말한 듯하다.

7. 참판 박순(朴淳)에게 답하는 편지에서

"어찌 바둑 두는 것을 보지 못했습니까? 한 수를 허투루 두게 되면 전

체의 바둑판을 망치게 됩니다. 기묘(己卯) 영수(領袖 : 조광조를 말함)가
도(道)를 배워 이루기도 전에 갑자기 큰 명성을 얻자 너무 성급히 경세
제민(經世濟民)을 자임하게 되었습니다.”

이 한 문단이야말로 선생이 평생 동안 이로 말미암아 나아가거나
물러나게 하였던 대목이다. 당시 군자가 지지를 얻고 여러 선인善人이
나아가는 것이 마치 기러기 털이 순풍을 만난 듯하여 막을 수가 없었
다. 국조國朝에 선인善人이 성대히 진출하여 마침내 패망함이 없던 것
은 이때만한 적이 없었다. 그러나 선생이 놀라고 두려워하며 삼가는
것이 이처럼 깊어 앞 사람의 실패한 일을 거울삼아 항상 경계하였으
니, 군자의 명철보신明哲保身이 이와 같았다.

선생이 정암靜庵 : 趙光祖의 행장을 지으면서 ‘세상일을 담당한 것 때
문에 실패하게 되었다.’라고 하여, 탄식하고 애석히 여기면서 세 번이
나 자기 의사를 표시하였다. 아! 선생이 바야흐로 정암에게서 경계를
삼고자 한 것이다. 비록 성상聖上이 옆 자리를 비워놓고 기다리고, 공
경公卿이 홀笏을 들고 바라며, 도성 백성들이 이마에 손을 얹고 맞이한
다고 한들 선생이 어찌 오래 머무르고 지체하여, 성상의 뜻이 혹시라
도 싫어하고 소인들이 그 틈을 타서 여지없이 패망하는 지경에 이르
도록 하였겠는가?

곧 선생은 위대한 덕을 깊이 숨겨 확고하여 흔들 수 없었다. 자신
만을 편안하게 하는데 그칠 뿐만 아니라 실로 당시 조정에 있는 선인

善士들을 널리 구제하려 한 것이다. 그런데 여러 사람들의 소견이 이에 미치지 못하여, 초빙하자는 청이 날마다 왕에게 진달되고, 벼슬길에 나서길 바라는 편지가 시골에 번갈아가며 날아들었으나 선생이 어찌 생각을 바꾸었겠는가?

아! 예로부터 벼슬길에 나서는 것을 좋아하는 무리는 임금이 바야흐로 미워하려 하는데도 오히려 아첨하여 용납받고자 하고, 조정이 바야흐로 참소하려고 하는데도 오히려 논박論駁하여 나아가고자 하며, 백성이 바야흐로 원망하려고 하는데도 오히려 임금을 속이고 죄를 가려 지위를 굳히고자 한다. 그러다가 마침내 권세가 떠나가고 운수가 다하면 허물과 재앙이 함께 일어나고, 영수領袖가 한번 무너지면 부하가 사방으로 흩어진다. 명목이 없는 죄안罪案은 아홉 번 죽어도 밝히기 어렵고 뜻하지 않은 변고는 천리 밖에서 모여든다. 마침내 7척의 몸을 보전하지 못하는 사람이 도도히 잇따르니 두려워하지 않을 수 있겠는가?

진실로 한 구역의 임천林泉을 얻어서 소요 배회하고, 조정에는 남을 따라 나아갔다 물러났다 하고, 일체의 현우賢愚 · 득실得失 · 시비是非 · 영욕榮辱에 대해서는 담담하여 사물은 사물의 이치대로 흘러가게 마음에 두지 않음으로써 하늘로부터 부여받은 나의 본성本性을 보전한다면 거의 퇴옹退翁 : 퇴계의 죄인이 되지는 않을 것이다.

8. 조건중(曹楗仲 : 曹植)에게 답하는 편지에서

"보내주신 편지에서 '학자(學者)가 명예를 도둑질하고 세상을 속인다.' 는 말씀은, 고명(高明 : 조식을 가리킴)만이 근심하는 것은 아닙니다."

대체로 명예를 좋아한다는 말을 피하려 하면 천하의 일은 할 만한 것이 없다. 세상을 속이고 명예를 도둑질하는 사람은 본디 미워할 만하다. 그러나 이 논의를 가볍게 하면 이것은 천하의 사람을 거느리고 악으로 몰아가는 것이 된다. 반드시 주정하고 꾸짖고 음탕하고 문란하며 말을 패악하게 하고 재물을 탐내어 염치가 없어진 뒤에야 바야흐로 명예를 좋아한다는 말을 잘 면할 수 있을 것이다. 그렇지 않은 사람은 모두 비슷할 것이니 어찌 옳은 일이겠는가?

그 논의가 날카롭거나 둔한 자 등의 모든 병통은 선생이 평일 많은 사람을 교육하여 다 일일이 경험한 것이다. 이들을 모두 감싸고 아울러 포용하여 가르쳐서 함께 대도大道에 이르게 하였으니, 아! 그 얼마나 훌륭한가? 그 가운데 처음에는 정성스럽다가 마지막에는 소홀한 자와 바로 폐하였다가 자주 회복하는 자들은 이 또한 선생들이 쉽게 버린다. 그런데, 위대하다, 선생의 마음이여! 진실로 학문하기를 스스로의 소임으로 여기면서 학도를 기꺼이 받아들여 함양하고 기르지 아니함이 없었다. 이러한데도 오히려 교화에 따르기를 좋아하지 않은 사람이 있었겠는가?

이 글을 여러 번 되풀이하여 읽고 나니 나도 모르게 기뻐서 뛰고, 감탄하여 무릎을 치며 감격하여 눈물이 나서 애연^{藹然 : 왕성한 모양}히 '솔개가 날아 하늘에 이르고[鳶飛戾天] 물고기가 못에서 뛰는[魚躍于淵]' 뜻이 있었다.

9. 노과회(盧寡悔 : 盧守愼)에게 보내는 편지에서

"「숙흥야매잠(夙興夜寐箴)」을 훈석(訓釋)한 말 몇 군데는 나의 견해로 의심이 없지 않습니다."

우리들이 날마다 하는 일은 정한^{程限 : 일정한 정도}이 있는 것을 중시한다. 정한이 없으면 잠시 열심히 하다가 곧 허물어져서 기와처럼 풀어지고 흙처럼 무너지게 된다. 이것이 바로 진남당^{陳南塘 : 陳柏}이 「숙흥야매잠^{夙興夜寐箴}」을 지은 까닭이다.

천하에 가르칠 수 없는 나쁜 두 글자가 있으니 바로 '소일^{消日}'이다. 아! 어떤 일을 하는 사람의 입장에서 말하면, 1년 3백 60일과 1일 96각^刻이 거의 스스로 이어지기에 부족할 것이다. 농부는 밤낮으로 부지런하니, 만일 해를 붙잡아 둘 수만 있다면 반드시 끈으로 잡아당길 것이다. 그런데 저 사람은 어떠한 사람이기에 이 날을 보내지 못하는 것을 근심하여 장기와 바둑, 그리고 축국^{蹴踘} 등 도모하지 않는 것이 없는가? 남당^{南塘}의 이 「숙흥야매잠」은 때와 차례를 안배하여 지극한 정한을 두었으니, 진실로 학자들에게 있어 보배로운 비결이다.

이재伊齋 : 盧守愼가 선생 및 하서河西 : 金麟厚와 이 주해註解를 가지고 편지를 주고받으며 변정辯訂하여 해를 넘기고 편지가 쌓였으되 지루하게 여기지 않는 것은 진실로 이유가 있다. 혹은 자기 의견을 버리고 남의 의견을 따라서 자기의 잘못 고치기를 꺼리지 않고, 혹은 논의를 정립하여 자기의 뜻을 보여 구차히 남의 의견에 따르지 않는 것에 이른 것은 모두 옛날 현철賢哲들이 글로써 사귀었던 풍류風流여서 후생들이 도저히 미칠 수 있는 바가 아니다.

대개 정자程子와 주자朱子 같이 어질면서 지혜로운 이도 그 저술한 것에 대해서는 문인과 친구들에게 마음대로 지적하게 하여 오류가 발견되는 대로 다듬었다. 하물며 초학말류初學末流야 말해서 무엇하겠는가? 초학말류는 우연히 기록한 것이 있으면 편벽되게 고집을 부려 바꾸려 하지 않고, 깨끗이 써서 보물처럼 간직하고서 사람을 만나면 자랑하여 칭찬을 받으려 한다. 혹시 지적이라도 받으면 발끈하면서 좋지 않게 여겨 억지로 자기의 잘못을 꾸며댄다. 이런 이들은 속으로는 부끄러우면서 겉으로는 뉘우침에 인색하여 너절하고 구차하게 넘어가고자 하는 자들이니, 그 옛날 선철先哲들이 가졌던 천하에 대한 공정公正한 마음과 비교한다면 어떠하겠는가?

10. 노이재(盧伊齋 : 盧守愼)에게 답하는 두 번째 편지에서

"'살아 있지 않으면 정체한다[不活則滯]'에 대해서는 내가 전일 본 것이 매우 잘못되었으니 지금 공의 말씀대로 따릅니다."

이것은 비록 미세한 것이나 실로 선생의 큰 본원本源이 나타난 곳이다. 천하의 큰 용기가 아니면 이렇게 할 수가 없고, 인욕人欲이 말끔히 사라지고 천리天理가 유행流行하는 경지가 아니면 이렇게 할 수 없을 것이다.

세상의 문인이나 학자들은 혹 한 글자 한 글귀라도 남에게 지적을 당하면, 마음속으로는 그 잘못을 깨달으면서도 잘못된 것을 꾸며서 승복하지 않는다. 심지어 발끈한 빛을 얼굴에 나타내고 사나움을 마음에 품어, 마침내 해치고 보복하는 사람까지도 있으니 어찌 여기에서 보고 느끼지 못하는가?

어찌 문자만 그러하겠는가? 모든 말과 행동 사이에도 이러한 근심이 있다. 마땅히 거듭 생각하면서 마음을 보존하고 성찰하여 이런 병통을 없애기 위하여 노력해야 할 것이다. 그래서 만일 그 잘못을 깨달으면 즉시 생각을 고쳐서 봄눈 녹듯 선善을 좇아야만 거의 막돼먹은 소인이 되지 않을 것이다.

11. 이중구(李仲久 : 李湛) 담(湛)에게 답하는 편지에서

"전일 산 대를 덜어내는 법을 직접 가르쳐주셔서 스스로 이미 요령을 얻었다고 여겼는데, 스스로 산 대를 놓아보니 또 그 방법을 잊어버리고 말았습니다. 그 어둡고 둔함이 이와 같습니다. 『태현경(太玄經)』을 이제 입수하였으니 다행입니다."

여기에서 선생의 주일무적主一無適[70]의 공부를 알 수 있다. 선생처럼 정밀하게 생각하고 자세히 살피는 방법으로 진실로 상수학象數學을 잠깐만 연구하였더라도 어찌 세밀하게 분석하지 못하였겠는가? 대개 한쪽에 버려두고 철저히 힘쓰려는 생각이 없었을 따름이다. 그러나 그 편지 중에 이미 '어둡고 둔하다.'고 스스로를 꾸짖고, 또 '늙어 정신이 흐리다.'며 스스로를 변명하여, 조금도 능멸하거나 흘겨보는 생각이 없었다. 겸손한 군자가 자기를 지키고 또한 남에게 굽히는 것이 이와 같았다.

『태현경太玄經』에 대해서는 이미 '세상을 울렸다.'라며 인정하였으며, 또 '후세의 자운子雲 : 揚雄이 되지 못한다.'고 스스로 판단하였다. 우리 유가儒家들이 이단잡서異端雜書를 진실로 외면하고 멀리해서 좋아하고 경도되는 뜻이 없음이 이와 같다면 어찌 젖어서 빠져들고 미혹되는 것을 근심하겠는가? 대개 이 일에서 이미 의리義理의 참맛을 얻었기 때문에, 그 마음속에 보존해 둔 것이 차서 넘치고 흡족하여 천하만물이 이것과 바꿀 수 없음을 안 것이다. 이 때문에 그 주일무적主一

一無適함이 이와 같았던 것이다.

12. 이중구(李仲久)에게 답하는 편지에서

"나이가 60이 되었는데도 아직 반쯤 밝고 반쯤 어두우며, 마음이 보존된 듯 잃어버린 듯한 것을 면하지 못하였습니다."

선생의 '반쯤 밝고, 보존된 듯하다.'는 말씀은 참인지 거짓인지 모르겠다. 대현大賢의 지위에 올라서도 오히려 이러한 것이 있는가? 아마도 겸손으로 한 말씀일 터이다. 공자孔子의 말씀에 '나에게 몇 해만 더 빌려주어 『주역周易』 배우기를 마치게 한다면 큰 허물은 없을 것이다.'라고 하였으니, 공자께서 어찌 『주역』 배우기를 마치지 못하였겠으며 또한 큰 허물이 있었겠는가?

성현의 이러한 말씀은 대개 후학으로 하여금 거의 미칠 수 있는데도 하늘을 사다리 타고 올라갈 수 없는 것처럼, 도달하지 못한다고 생각하여 선을 긋지 않게 하고자 한 것이다. 무릇 고묘高妙하고 황홀恍忽하며, 신변神變하고 영통靈通한 것은 모두 우리 유가의 취미가 아니니, 학술을 선택하는 자는 반드시 알아야 한다.

13. 이중구(李仲久)에게 답하는 편지에서

"다만, 책을 볼 때에는 맛이 있어서 맹자(孟子)가 말한 추환(芻豢)의 설71)이 참으로 나를 속이지 않습니다. 이 뜻이 해가 갈수록 더욱 깊어졌습니다. 이 때문에 공부를 갑자기 폐하지 못했을 따름입니다."

정자程子와 주자朱子 등 여러 선생이 그 제자들의 물음에 답할 때나 경전經傳의 뜻을 해석할 때 흔히 '잠심완미潛心玩味72)하여 마땅히 스스로 터득해야 한다.'라고 하였으나, 마침내 그 맛이 어떠한 것인지는 말하지 않았다. 그래서 전에 더욱 의혹스러웠으나 풀지 못하였다. 요즘 들어 차츰 생각해보니 대개 맛이란 것은 맛본 사람과 말할 수 있고, 맛을 보지 못한 사람과는 비록 말하더라도 한결같이 모르게 된다.

후세 사람은 안자顔子가 즐긴 것이 무슨 일인지 알지 못한다. 사람이 안자의 경지에 이르지 못하면 반드시 안자가 누리던 즐거움을 누리지 못할 것이니 어떻게 알겠는가? 비유하자면 꿀을 먹어본 자가 꿀을 먹어보지 못한 사람과 꿀맛에 대하여 이야기하려 하나, 마침내 형용할 수 없는 것과 같다.

지금 선생의 '맛이 있었다.'는 말씀은 그 무슨 좋은 맛이 있음을 분명히 아는 것이지만, 거칠고 부족한 사람은 또한 상상해 보아도 알 수가 없다. 아! 사람이 세상을 살아가는 데 있어 정자程子·주자朱子·퇴옹退翁이 맛본 것을 맛보지 못하고, 또 안자顔子가 누리던 즐거움을 누리지 못한다면, 비록 날마다 오제五齊[73]와 팔진미八珍味[74]를 실컷 먹으며 공후公侯의 즐거움을 누리더라도 오히려 주리고 또 궁곤하다 하겠다.

14. 또 그 편지에서

"나의 기(記)와 시(詩)[75]가 공에게까지 들렸다 하니 매우 송구스럽습니다. 우스개삼아 한 말이라 반드시 다 이치에 맞지는 않을 것입니다. 가벼운 짓을 한 허물은 이미 후회해도 소용이 없습니다."

나는 평소에 큰 병통이 있었다. 무릇 생각하는 것이 있으면 술작述作이 없을 수 없고, 술작述作이 있으면 남에게 보이지 않을 수 없었다. 바야흐로 생각이 이르게 되면 붓을 잡고 종이를 펴서 잠시도 머뭇거리지 않고 글을 지었다. 글을 짓고 나서는 스스로 사랑하고 스스로 좋아하여 곧 조금이라도 글을 아는 사람을 만나면 내 말의 완전과 편벽이나 그 사람과의 친소를 생각하지 않고 급히 주어서 보이려 하였다. 그러므로 사람과 한바탕 말하고 나면 마음속과 상자 속에는 도무지 한 가지 물건도 남아 있는 것이 없었다. 그로 인하여 정신과 기혈氣血이 다 흩어져 없어지고 새어나가서 쌓이고 길러지는 의미가 없어져 버린다. 이러하고서 어찌 성령性靈을 함양涵養하고 몸과 명예를 보전할 수 있겠는가?

요즈음 와서 점검해보니, 모두 '경천輕淺' 두 글자에 빌미가 된 것이

다. 이것은 덕을 숨기고 수壽를 기르는 공부에 크게 해로움이 있을 뿐
만 아니라, 비록 언론言論과 문채文彩가 많이 흩어져 있으나 점점 천하
고 비루해져서 남에게 존중을 받지 못하게 된 것이다. 지금 선생의
말을 보니 더욱 느끼는 바가 있다.

15. 이중구(李仲久)에게 답하는 편지에서

"요구하신 재명(齋銘)76)에서, 공의 의도는 정(靜)에 집중하는 것을 법
으로 삼아 기질(氣質)의 병통을 구제하려는 것으로 여겨지는데 이 의도
는 매우 좋습니다. 그러나 '정존(靜存)' 두 글자는 마침내 한 쪽의 도리
일 뿐입니다. 그래서 잠(箴)의 중간과 끝에 동적(動的)인 측면을 말하지
않을 수 없었으며 경(敬)도 아울러 말하였습니다."

정존靜存과 동찰動察77)은 서로 보완적으로 이루어진다. 대개 정존靜存
하지 못하면 동찰動察할 수 없다. 그런데 정존靜存의 공부는 마땅히 어
디에 힘을 써야 하는가? 주경主敬을 본本과 체體로 삼고, 궁리窮理를 용用
과 말末로 삼아야 한다. 이른바 궁리窮理란 현묘玄妙하고 심오深奧한 이
치를 찾아 수많은 변화를 두루 섭렵하는 것을 말하는 것이 아니라,
우리가 날마다 쓰는 인륜으로 마땅히 행해야 할 것들을 모두 헤아리
고 요리하여 조용히 마음속에서 분변하는 것이다. 예컨대, '어버이께
서 나에게 어떤 명령이 있으시면 내가 어떻게 순종해야 할 것인가,

임금께서 나에게 어떤 일을 시키시면 내가 어떻게 받들어야 할 것인가?'라고 헤아리고, '전쟁이 일어나 어수선하고 범이나 이리 그리고 도적 등의 일이 있으면 내가 마땅히 어떻게 대응해야 할 것인가.'라고 헤아려서 정해진 계책이 낱낱이 마음속에 있어야 한다.

그런 뒤에야 일을 당하여 쓸 때 앞뒤가 바뀌거나 혼란한 병폐가 없게 될 것이다. 이것이 바로 정존이 동찰할 수 있는 까닭이다. 그러나 이러한 '헤아림'을 분수에 지나치게 해서 어지러이 생각하고 망령되이 상상하게 되면 함양의 공부에 크게 방해가 될 것이다. 모름지기 항상 주의를 환기하여 하나의 '경'자를 마음속에 있게 해야만 바야흐로 정존의 참 모습이 된다. 이것이 선생이 깊고 고요하여 아무 일도 없는 것을 정존의 완전한 공부로 삼지 않고, 반드시 동찰의 측면도 함께 고려하여 말씀하신 까닭이다.

16. 이중구(李仲久)에게 답하는 편지에서

"『회암서절요(晦庵書節要)』[78]에서 병통이 있는 부분을 지적해 보여 주니 매우 고맙습니다. 보내온 편지에 '간혹 긴요하지 않은 것도 수록되었다.'라고 하였는데, 이는 진실로 그러합니다. 그러나 우리 유가의 학문이 이단과 같지 않음이 바로 이러한 곳에 있습니다. 오직 공자 문하의 여러 제자들이 이 의미를 알았습니다. 그러므로 『논어』에 기록된 것에는 정밀하면서 깊은 곳이 있고, 거칠면서 얕은 곳도 있으며, 긴장하여 언행(言行)한 곳이 있고 한가하게 언행한 곳도 있습니다.”

선생의 이 글은 전편全篇이 매우 좋다. 이를테면, 청선聽蟬과 정초庭草의 비유79)는 옛사람의 모범이 될 만한 뛰어난 풍채의 진수를 깊이 얻은 것이다. 대개 의리義理와 심신心身에 나아가 항상 강론을 확실히 하는 것은 매우 절실할 것이다. 그러나 그 성령性靈을 편히 기르고 정신을 활짝 펼쳐 혈맥이 잘 통하게 하고 손발이 저절로 뛰고 춤추게 하는 것은 반드시 산에 오르고 물가에 닿으며, 꽃을 찾고 버들 숲을 걸을 때이다. 이것이 ‘기수沂水에서 목욕을 하고 무우舞雩에서 바람을 쐬겠다.’라고 하는 증점曾點의 대답이 홀로 공자의 인정을 받은 까닭이었다. 선생이 홀로 도의 근원에 이르고 오묘한 경지에 나아갔으므로 본디 여러 제자들이 이해할 수 있는 것이 아니었다.

17. 이중구(李仲久)의 문목(問目)에 대하여 답하는 편지에서

“주자(朱子)께서 일찍이 제거절동상평다염공사(提擧浙東常平茶鹽公事)를 지냈으니 실로 감사(監司)로서 등용과 축출을 하는 소임입니다. 이 때문에 겸손한 말로 ‘거자(擧刺)의 임무를 외람되이 무릅쓰고 있다.’라고 한 것입니다. 거(擧)는 올려 씀을 말한 것이고, 자(刺)는 내침을 말한 것입니다. 사람을 천거하는 것을 거삭(擧削)이라 하는 것은 또한 자세히 알 수 없습니다.”

선생이 「주자서의의^{朱子書疑義}」에 답한 것은 모두 80여 조^條인데 모두 정밀·확실하고 명백하여 묵은 의문점이 환하게 풀리도록 하는 것이다. 그 방언^{方言}·속어^{俗語} 및 명물^{名物}의 알기 쉬운 것과 자의^{字義}의 근거가 있는 것은 선생에게 있어서는 오히려 고증하기 쉬운 것이었다. 주자의 출처나 교제, 연월^{年月}의 선후와 사적의 본말이 연보에 보이지 않고 다른 책에 뒤섞여 나온 것도 모두 조목과 유별로 정리하여 눈앞의 일처럼 환하게 하였다.

진실로 순수한 마음과 지극한 정성, 그리고 독실한 사랑과 넓게 사모하는 마음으로 언제나 그 지름길과 문리의 세밀함을 찾은 것이 아니면 어떻게 이와 같을 수 있었겠는가? 주자 배우기를 원하는 사람은 이를 본받아야 할 것이다. 옛날에 사람을 천거할 때 판자를 깎아서 그 이름을 썼으므로 '염독^{剡牘}'이라 하였으니, 거삭^{擧削}도 또한 '천거'를 두고 이르는 듯하다. 그러나 또한 감히 딱 잘라 말할 수는 없다.

18. 이중구(李仲久)에게 답하는 편지에서

"사람들이 항상 말하되 '세상이 나를 알아주지 못한다.'라고 하는데, 나 또한 이러한 탄식이 있습니다. 그러나 사람들은 자신의 포부를 다른 사람이 알아주지 못하는 것을 탄식하고, 나는 내가 허술하다는 것을 알지 못하는 것에 대해 탄식합니다."

이것은 선생에게 있어 실로 겸손하신 말씀이다. 그러나 세상에는 참으로 이러한 근심이 있는 사람이 있다. 대개 허명虛名이란, 비방이 그것으로 말미암아 일어나고 재앙이 그것으로 말미암아 이루어지는 것이다. 내가 평생동안 총명이 부족하거늘 모르는 사람은 혹 '잘 기억한다.'고 하니, 이 말을 들을 적마다 나도 모르게 땀이 나고 송구스럽다. 이것을 태연하게 받아들여 사람들 속이는 것을 즐겼다. 그런데 사람들이 하루아침에 천근의 무게를 난장이에게 지우고 그것을 메고 일어서라고 한다면, 검려黔驢의 기술80)이 궁해져서 군색하고 답답하여 몸 둘 곳이 없게 될 것이니, 이는 참으로 두려워할 만한 일이다.

아! 선생은 경천위지經天緯地의 학문과 옛 성인을 계승하고 후학을 열어 주는 대업大業으로, 당시 조정에 있는 제공諸公도 오히려 담장 밖에 있어서 그 종묘宗廟의 아름다움과 백관의 성대함을 한두 가지도 엿보지 못하였을 것이다. 그러나 선생은 오히려 허술함으로 자처하여 포부를 알아주지 않음을 한탄하지 않았으니 참으로 겸손한 군자이시다. 선생이 아니면 내가 누구에게로 의지해 돌아갈 것인가?

19. 임사수(林士遂 : 林亨秀)에게 보내는 편지에서

"보내온 행록 뒤의 시(詩)는 족하(足下)가, 재주와 필치가 호쾌하여 강한 운(韻)을 얻어 영기(英氣)를 부리고 어려운 운자(韻字)를 써서 교묘함

을 내보이고 있습니다. 그칠 줄 모르고 질편하게 치닫는 것이 순풍을 만
난 배와 진중을 내달리는 말이 한번 손을 놓기만 하면 그칠 줄 모르는
것과 같습니다.”

이 말은 시부詩賦를 짓는 사람이 서로 품평함에 있어 좋은 풍격風格
과 아름다운 제목題目이 된다. 『퇴계집』을 살펴보면 도리어 사람으로
하여금 부끄러운 빛이 얼굴을 덮고 식은땀이 등을 적시게 하는데, 이
것은 무엇 때문인가? 어찌 도덕과 인의仁義 속에서 재인才人과 묵객墨客
이 이러한 기미氣味를 던져버려, 마치 광대와 천인이 공자나 안자의
자리에 이르면 그 풍신風神의 서늘함을 깨닫는 것과 같은 것이 아니겠
는가?

아! 사정이 이와 같은데도 아득히 깨닫지 못하고 반평생동안 깊이
빠져 시벽詩癖81)에 휘둘려 풍월風月을 읊조리고 화조花鳥를 희롱하며 경
망스럽게도 스스로 기뻐하고 위세를 부리며 스스로 우쭐대어 수많은
사람들 가운데 마구 뽐내려 했다. 그러나 식자들의 비루함이 시장 아
이들의 불쌍함과 다르다는 것을 알지 못한다. 어찌 천하고 비루한 것
만이 밉겠는가? 여러 사람들의 시기와 대중의 성냄이 이것으로 말미
암아 일어나서, 마침내 재앙이 그 몸에 미칠 것이니 두려워하지 않을
수 있겠는가? 선생의 말뜻을 살펴보건대 찬양하는 중에도 기롱譏弄하
고 풍자하는 것이 포함되어 있다.

20. 노인보(盧仁甫) 경린(慶麟)82)에게 답하는 편지에서

"문열공(文烈公 : 李兆年)의 화상(畫像)은 손에 몇 알의 염주를 쥐고 있습니다. 이것은 한 시대의 풍속으로 그러한 것이지만 지금 학교의 곁에 두는 것은 후학에게 보이는 도리가 아닐 것입니다."

선생이 선배 유현儒賢에 대하여 극진히 존경을 더하여 털끝만큼이라도 침범하는 일이 없었다. 그러나 지금 문열공의 화상에 몇 알의 염주를 쥐고 있는 일에 대해서 논의를 정립함이 자못 엄절嚴截하니, 평일에 정학正學을 숭상하고 이단異端을 배척한 것을 여기에서 일부 볼 수 있다. 겸손한 덕으로 이처럼 정직하고 준절峻截한 말씀이 있었으니, 학자들은 여기에서 두려워할 바를 알 수 있을 것이다

21. 이자발(李子發 : 李文樑)에게 답하는 편지에서

"한훤당(寒暄堂 : 金宏弼)이 도학에 있어서 과연 자사(子思)·맹자(孟子)·정자(程子)·주자(朱子)와 같다면 세대(世代)의 설에 구애되지 않는 것이 매우 마땅합니다. 다만, 선생(김굉필을 지칭함)은 덕행이 높기는 하나 미처 논저(論著)를 남기지 않아 후세에 살펴 저술할 길이 없습니다."

선생이 한훤당寒暄堂의 학문에 그 존모尊慕를 극진히 하였다. 그러나 도문학道問學의 측면에 미진한 바가 있었으므로 항상 온전히 갖추어지

기를 요구하는 말이 있었다. 문열공^{文烈公}에 대해서는, 이미 세상에 드문 충절로 인정하면서도 사론^{士論}의 격렬한 배척을 아름다운 뜻으로 돌리고 어찌할 수 없는 일로 치부하였으니, 그 이단에 엄격함을 여기에서도 볼 수 있다.

22. 유인중(柳仁仲 : 柳希春)이 조정암(趙靜庵 : 趙光祖)의 행장을 논함에 답하는 별지(別紙)에서

"오늘날로 말미암아 그 나머지 부분을 살피려 하나 거의 정확하게 의거할 만한 사실이 없습니다. 예로부터 성현이 능히 후세의 모범이 될 수 있었던 것은 오로지 입언(立言)하여 후세에 전한 데에서 힘입은 것입니다."

정암^{靜庵}이 한창 나이에 요직을 담당하여, 학문이 바야흐로 나아가는데 뜻이 이미 펼쳐졌고, 이름이 바야흐로 성대한데 화가 이미 이르게 되었다. 비록 책을 저술하고 후세에 교훈을 남겨서 후학^{後學}에게 혜택을 베풀고자 했더라도 그렇게 될 수 있었겠는가? 도학 전체에서 한쪽이 부족하나 마땅히 용서할 만한 경우가 있는데, 선생이 정암을 논함에 있어 오히려 이와 같았다. 하물며 초야^{草野}에서 곤궁하게 살고 있는 선비에 있어서겠는가?

이들은 나아가서는 세상에 쓰이지 못하고, 물러나서는 사우^{師友} 및 제자들과 함께 선왕^{先王}의 도를 강명^{講明}하지 못하여 후세 사람들로 하여금 생각하여 서술할 것이 없게 하고서 그 고루함을 편안히 여기고 그 오만함을 키워나가며, 남과 서로 접촉하는 것을 두려워하면서 거짓 겸손을 꾸며 길게 읍하고 높이 꿇어앉아 방자히 존덕성尊德性83)으로 자처한다. 이러한 사람은 아마도 주자朱子 및 퇴옹退翁의 가법家法과는 다름이 있는 것 같다. 장저長沮와 걸익桀溺84)은 그래도 낫거니와 육상산陸象山85)과 같은 이단으로 흐르지 않겠는가? 이는 다 학술이 털끝만큼이라도 어긋나면 마침내 천리로 벌어지게 되는 부분이다. 이 일에 마음을 두는 사람은 반드시 알아야 한다.

23. 박택지(朴澤之 : 朴雲)에게 보내는 편지에서

"사서(四書) 이외에 기록된 공자(孔子)의 언행(言行)은 대부분 전국시대 때 거리낌없는 간사한 사람들의 가탁(假托)에서 나온 것입니다."

내가 평생에 고루하고 아는 것이 적지만 다만 고문古文을 독실히 좋아하였다. 무릇 선진先秦·서한西漢의 글은 근고近古의 것이기 때문에 시詩를 논하고 예禮를 설명한 것이 혹 경전의 뜻을 증명할 수 있는 것이 없지 않다고 여겼다. 이 때문에 항상 글을 읽으면서 후세의 화려한 문장보다 낫다고 여겼었다. 지금 선생의 말씀이 크고 바르며 지극히 엄정하여 비록 『가어家語』나 『설원說苑』 같은 책들도 잡서雜書로 돌려서 깊이 배척하였다. 미세한 조짐이 생길 때 막는 뜻이 이와 같은

데, 하물며 잠시라도 패관稗官이나 소품小品 등 음탕하고 사벽邪僻하여 바르지 못한 서적에 눈을 기울이겠는가?

근세의 재사才士와 빼어난 유자儒者들도 대부분 『수호전水滸傳』이나 『서상기西廂記』 등의 책에서 발을 빼지 못하였으므로 그 문장이 다 가냘프고 구슬프며 뼈를 찌르고 살을 녹게 하니, 도의道義와 이취理趣에 대해서는 조금도 볼 만한 것이 없을 뿐만 아니라, 심지어 번화한 부귀가富貴家의 말씨에도 또한 나올 수 없는 것이니 복록福祿에 매우 해롭다. 이는 다 잡서를 즐겨 본 폐해이다.

24. 또 박택지(朴澤之)에게 보낸 편지에서

"사람의 한 몸은 리(理)와 기(氣)를 모두 갖추고 있는데 리는 귀하고 기는 천합니다. 그러나 리는 작위(作爲)가 없고 기는 사욕(私欲)이 있습니다. 그러므로 리의 실천을 위주로 하는 사람은 기가 그 가운데서 저절로 길러지니 성현(聖賢)이 바로 이러한 분이고, 기를 기르는 데에 치우친 사람은 반드시 본성(本性)을 해치게 되니 노자(老子)와 장자(莊子)가 바로 이러한 사람입니다. 노장과 같이 생명을 보존하려는 도를 진실로 극치까지 충만케 하려면, 밤낮으로 게으르지 않으며 몸을 아끼지 않는 일들은 모두 마땅히 폐기해야 할 것입니다."

이것은 맹자孟子의 대체大體와 소체小體의 설과 일관된 의리이다. 사람의 한 몸은 리理와 기氣, 두 가지가 합하여 이루어진 것이다. 그러나 리가 기에 붙어 있는 것은 사람이 집에 있는 것과 같다. 사람이 그 집에 거처할 때 기둥과 들보, 그리고 서까래가 혹 썩고 기운 것이 있으면 반드시 수리해야 한다. 그러나 여기에 한결같이 힘을 쓰고 다른 것을 모르면 이것은 상자만 아름답게 꾸미고 그 안에 있는 구슬은 잊어버리는 것과 같다. 그러므로 정자나 주자 등 송나라 때의 여러 선생 이후로 혹 도가道家의 글에서 한두 가지 취한 것은 마음을 맑게 하고 욕심을 적게 가지며 정신을 발산하고 기운을 펴서 혹 본원本源을 함양하는 공부에 도움이 되었기 때문이다.

그러나 옛날 선왕先王이 백성을 기르는 데에는 그 기氣를 기르는 법이 '예악禮樂' 두 자에서 벗어나지 않았다. 예라는 것은 신체를 단속함으로써 그 방종하여 병이 생기는 것을 금하는 것이고, 악이라는 것은 혈맥을 유통시킴으로써 그 막히어 병이 된 것을 소통시킨 것이다. 한번 늦추고 한번 죄며, 잡기도 하고 놓기도 하며, 함께 행하되 어긋나지 않고, 같이 나아가되 치우치지 아니하여 리가 능히 기를 거느리고 기가 능히 리를 기르도록 하였다. 그러므로 옛사람이 다 오래살면서 강녕康寧하고 휴양하면서 생식生息하며, 풍속이 순박하고 온화하여 태평스러운 경지에 들되 스스로는 깨닫지 못하였던 것이다.

후세에는 예악이 허물어져 정욕情慾이 스스로 방종해졌다. 간혹 편안한 즐거움으로 재앙을 부르기도 하고 근심과 괴로움으로 온화함을 손상시키기도 하였다. 그래서 요사妖邪한 것이 서로 잇따르고 기상이

처참하게 되었다. 이에 묵은 것을 뱉어내고 새 기운을 들이마시는 술법과 곰처럼 걷고 새처럼 펼치는 방법이 그 사이에 횡행하여 음사淫邪하고 괴이한 설이 그 양심良心을 파괴하고, 금석金石으로 제조한 약제로 그 타고난 원기를 해쳐서, 수명의 근원에는 도움이 없고 다만 사람으로 하여금 미혹하여 돌이킬 줄 모르게 하니 불쌍하다. 『참동계參同契』86)의 주석은 아마도 세상을 근심하여 풍자의 뜻을 붙인 의도일 뿐이지, 어찌 여기서 취할 것이 있기 때문이겠는가?

25. 영천군수(榮川郡守 : 안상을 말함)에게 보내려고 한 편지에서

"중문(仲文)87)이 비록 두 번 허물이 있었으나 능히 고치면 허물이 없는 사람과 같습니다."

예로부터 성현聖賢이 다 허물을 고치는 것을 소중하게 여겼고, 혹 도리어 '애초에 허물이 없는 것보다 낫다.'라고 하기까지 했으니 이것은 무슨 까닭인가? 대개 사람의 상정常情은 매양 잘못된 곳에 대해서는 부끄러움이 성냄으로 바뀐다. 그래서 처음에는 꾸미다가 마지막에는 몹시 어긋나게 되니, 이것이 허물을 고치는 것이 허물이 없는 것보다 어려운 까닭이다.

우리들은 허물이 있는 자들이다. 힘써야 할 것 중에 급한 것은 오직 '개과改過' 두 자일 뿐이다. 세상을 거만하게 바라보고 남을 능멸하는 것이 한 가지 허물이고, 기예를 자랑하고 재능을 뽐내는 것이 한 가지 허물이며, 영화를 탐내고 이익을 사모하는 것이 한 가지 허물이고, 은택恩澤 받을 것을 생각하고 원한을 잊지 않는 것이 한 가지 허물이며, 뜻이 같으면 한패가 되고 뜻이 다르면 배척하는 것이 한 가지 허물이고, 잡서雜書 보기를 좋아하는 것이 한 가지 허물이며, 새로운 견해 내기를 힘쓰는 것이 또 한 가지 허물이니, 갖가지의 결점을 이루 셀 수 없다. 여기에 맞는 약제 하나가 있으니 '고칠 개改' 자가 그것일 뿐이다. 진실로 그 허물을 고치면 우리 퇴옹退翁 또한 '누구는 허물이 없는 사람이다.'라고 말할 것이다. 아! 어떻게 해야 이를 얻을 수 있겠는가?

26. 풍기군수(豐基郡守 : 김경언을 말함)에게 보내려고 한 편지에서

"아! 저 남의 어버이를 욕하는 자는 입을 벗어난 나쁜 말이 남의 어버이에게 가해지자마자, 귀에 들어오는 추한 욕이 이미 자기 어버이에게 미치게 됩니다. 입으로는 말할 수 없고 귀로도 차마 들을 수 없으며, 몸이 떨리고 마음이 아프며, 하늘이 놀라고 귀신이 수군거립니다."

아아! 이러한 습속이 옛날에도 있었던가? 그 윤리를 해치고 이치를 어그러뜨리며 인의仁義를 해치는 죄는 선생의 말씀에 모두 갖추어져 있다. 유생儒生이 벗을 모아 학업을 닦을 때 농담으로 하루를 보내고 마침내 과정課程을 놓치고 만다. 혹 지체와 문벌이 자기만 못한 자가 있어 그 실제를 건드리게 되면 농담이 진담이 되어 마침내 서로 원수가 된다.

조정의 선비들이 동료가 되어 관사官司에 앉아서 떼를 지어 농지거리나 하고 직무를 폐하니, 아전이나 하인들이 보는 것에 체모가 심각하게 손상된다. 혹 권신權臣이나 총신寵臣이 마음대로 추악한 욕을 가하면 몸을 굽혀 공손히 받아서 영광으로 삼는다. 그가 패가망신한 뒤에는 곧 탄핵하는 소장疏章에 오르게 되니, 종처럼 얼굴을 꾸미고 무릎을 굽혔다는 지목을 스스로 면할 수 없게 된다. 이는 모두 경계해야 할 일들이다. 말과 얼굴빛을 나타낼 때는 삼가지 않을 수 없다.

27. 성호원(成浩原 : 成渾)에게 답하는 편지에서

"선공(先公)의 묘갈명(墓碣銘)에 '기미를 보았고, 명철(名哲)하였다.'라는 등의 말을 공과 숙헌(叔獻 : 李珥)이 힘껏 조목조목 해명하니, 화를 회피한 것을 그르게 여기고, 곽임종(郭林宗)[88]도 숭상할 것이 못된다고 생각해서입니까? 기묘연간(己卯年間)의 일은 내 생각으로는 선공의 처신이 바로 정법인데, 무슨 병통이 있어 굳이 말하지 않으려 합니까?"

맹자孟子의 웅어熊魚에 대한 비유[89]는 대개 살신성인殺身成仁과 견위수명見危授命을 군자가 때로 사양하지 않는다는 것이지만 또한 군자의 불행이다. 만일 명목 세우기를 좋아하여 함정을 돌보지 않고, 뜻이 같은 사람은 한패가 되고 다른 사람은 배척하여 오랫동안 여러 소인들의 미움을 받다가 마침내 재앙이 자신의 몸에 미치는 것을 면하지 못하고, 그 유풍여운遺風餘韻도 사물에 은택을 끼치지 못하며 사람에게 이로움을 주기에 부족한 자는 또한 헛된 죽음일 뿐이다. 명철하게 그 몸을 보전함은 반드시 그 부모에게 받은 천성을 온전히 하려는 것인데, 혹 억울한 덫에 걸려 위세와 무력으로 굴복시키는 자가 있어도 군자는 또한 편안함을 탐하여 구차하게 보전하려 하지 않는다.

기묘년己卯年의 일에 있어서는 선생이 붓을 들기만 하면 탄식을 잊지 않았다. 비록 정암靜庵 같은 어진 이에게도 선생은 오히려 유감이 있는데, 하물며 그 아래에 있는 사람이겠는가? 우계牛溪·율곡栗谷의 견해가 반드시 선생과 서로 합치되지 않는 것이 있었으므로 편지의 왕복이 이와 같았다.

28. 남시보(南時甫 : 南彦經)에게 답하는 편지에서

"심기(心氣)의 근심은 바로 이치를 투철하게 살피지 못하여 빈 것을 파고들어 억지로 탐구하고, 마음을 지키는데 방법이 어두워서 알묘(揠苗)로써 조장(助長)90)하며, 마음을 괴롭히고 힘을 다 써서 이 지경에 이른 것을 깨닫지 못한 데서 연유합니다."

일찍이 선현의 글을 대부분 스스로 '심질心疾이 있다.'라고 이야기하므로 처음에는 꽤 의혹스럽게 여겼다. 그런데 요즘 와서 점차 생각해 보았다. 대개 보통 사람은 어지러워서 일찍이 점검하여 살피지 못한다. 그러므로 비록 수많은 병과 통증이 있더라도 볼 때는 아무것도 파악할 만한 것이 없다. 이는 비유컨대, 미친 사람의 마음 안에는 전혀 근심이라고는 없는 것과 같다. 이것은 성찰의 공부가 지극하지 못했기 때문이다. 우리들이 진실로 마음 다스리는 학문에 유의한다면, 곧 마음 안에 있는 허다한 병통을 알게 된다. 주자는 '이같이 하는 것이 병이 된다는 것을 알면 이같이 하지 않는 것이 약이 되는 것을 곧 알 것이니, 바야흐로 맹렬히 공부할 수 있다.'라고 하였다. 학자가 심질心疾이 있는 경지에 이르지 못하면, 어떻게 리理가 순조롭고 기氣가 조화로운 경지를 얻겠는가? 마땅히 독실하게 찾고 살펴야 할 것이다.

29. 또 남시보(南時甫)에게 보내는 편지에서

"무릇 일상생활에서 말과 행동을 적게 하고 욕심을 절제하며, 한가하고 깨끗하며 조용하고 평온하게 지내야 합니다. 독서 및 화초의 구경, 시내와 산, 물고기와 산새를 즐기는 데 있어서도 진실로 뜻을 즐겁게 하고 정서를 알맞게 할 수 있는 것은, 늘 접하는 것을 싫어하지 아니하여 마음의 기운으로 하여금 항상 순조로운 경지에 있게 하고 어긋나고 어지러워서 성냄이 없게 하는 것이 긴요한 방법입니다. 책을 볼 때도 마음

을 괴롭히는 데에 이르지 말 것이며 절대로 많이 보는 것을 금해야 합
니다.”

선생의 이 말은 한가롭게 노닐면서 인성을 기르는 방법에는 극히
신묘하다. 그러나 만일 방탕하고 놀 때도 이 방법을 쓴다면 마음을
단속하고 수렴하는데 전혀 유익함이 없을 것이다. 마땅히 열심히 공
부를 하여 사욕을 극복하고 경敬을 마음속에 쌓이게 한다는 뜻이 있
어야 할 것이다. 오직 마음의 기운이 어지럽고 생각이 초조하여 혈기
와 신체가 도무지 쓸쓸하고 조급한 뜻이 있을 때에 바야흐로 이 방법
을 쓴다면, 늦추고 죄며 펴고 움츠리는 것이 서로 구제하게 되어 음
양陰陽과 한서寒暑를 한 가지라도 폐할 수 없는 것과 같이 될 것이다.

30. 이숙헌(李叔獻 : 李珥)에게 답하는 편지에서

“족하는 허물을 고치는 데에 용감하고 도(道)를 향해 가는 데에 급하다
고 하겠습니다. 성인의 세대는 멀어지고 그 말씀은 없어져서 이단이 진
리를 어지럽히니 이단에 시종 미혹하여 빠진 자는 진실로 이야기할 것도
없습니다. 또한 처음에는 바르다가 마지막에는 사특한 자가 있고, 가운
데 서서 양쪽을 다 옳게 여기는 자도 있으며, 겉으로는 배척하고 안으로
는 편드는 자도 있습니다. 그 빠져듦이 깊고 얕은 차이는 있으나 하늘을
속이고 성인을 기망하여 인의(仁義)를 막은 죄는 매 한 가지입니다.
전에 어떤 사람의 말을 듣건대 ‘족하가 불가(佛家)의 글을 읽고 거기

에 중독되었다.'라고 하기에 마음으로 안타까워한 지 오래되었습니다. 그런데, 전일 나를 보러왔을 때 불교에 빠진 사실을 숨기지 아니하고 능히 그 잘못된 것을 말하였으며, 지금 두 차례에 걸쳐 보낸 편지의 뜻을 보면 또 이 같으니, 나는 족하가 함께 도를 향해 갈 수 있음을 알았습니다. 두려워하는 것은 새로운 좋은 맛을 느끼기 전에 익숙한 맛을 잊기 어렵고, 오곡의 알이 여물기도 전에 가라지가 익는 가을이 될까 하는 것입니다."

이 편지는 전편이 한 글자, 한 글귀도 모두 함부로 지나칠 수 없는 것이므로 지금 그 대개를 간략히 기록한다. 그리고 하단의 몸과 마음으로 체험한다는 설은 더욱 정밀하고도 확실하여 항상 눈여겨보면서 살펴야 할 것이다.

31. 이숙헌(李叔獻)에게 답하는 별지(別紙)에서

"궁리하는 데에는 가닥이 많습니다. 궁구하는 바의 일이 혹 이리저리 얽혀 단단하게 되어 힘을 다해 탐색해도 통할 수 없거나, 혹 내 천성이 우연히 여기에 어두워서 억지로 밝혀내기 어려운 것은 우선 이 한 가지 일은 버려두고 별도로 다른 일에 나아가 궁구해야 합니다. 이같이 이리저리 궁구하여 오래도록 깊이 익히고 되풀이하게 되면 저절로 마음이 점차 밝아져서 의리의 실지가 서서히 눈앞에 나타나게 될 것입니다. 그때 다시 전에 궁구하지 못한 것을 가져다가 세밀하게 찾고 연구하여 이미 궁구한 도리를 참고하고 조사하여 비추어 보면 자신도 모르는 사이에 전에 궁구하지 못한 것까지 아울러 한꺼번에 서로 깨치게 될 것입니다. 이것이 궁리의 활법(活法)입니다.”

내가 품성이 조급하여 궁리하는 데에 있어 본디 오래 견디어내지 못하였다. 혹 하나의 사리를 궁구하다가도 때로 막히어 통하지 않는 것이 있으면, 곧 생각이 번잡하고 정신이 거칠고 미혹해져서 중도에 그만두게 되었다. 독서에 특히 이런 병통이 있었다. 지금 선생이 논한 것을 보면, 그 병통을 고치는 약이 절실하고 타당하여, 다 참으로 알고 실지로 이행한 체험에서 나온 것이다. 이러한 묘한 비결을 얻어서 이것으로 궁리한다면 뚫어서 통과하지 못하고 녹여서 변화하지 못할 근심이 없을 것이다. 그러니 감히 항상 눈여겨 보며 힘쓰지 않을 수 있겠는가?

32. 이숙헌(李叔獻)에게 답하는 편지에서

“숙헌이 전후 논변(論辯)한 것을 보니 항상 선유(先儒)의 학설을 잡아 반드시 먼저 그 옳지 못한 곳을 찾아 힘써 깎아내립니다.”

초학자들이 경전에 대해 선생·장자와 왕복하며 어려운 것을 물으려면 반드시 그 학설에서 착오가 있는 곳을 끄집어낸 뒤에야 비로소

의문을 제기하여 질정할 수 있는 것이다. 율곡이 당시 선생에게 왕복하며 어려운 것을 물으려 하였으니, 그 물은 바가 이와 같지 않을 수 없었던 것이다.

대체로 남의 흠을 낱낱이 찾아내어 새로운 의견을 내기에 힘쓰는 자도 본디 큰 병통이거니와, 지혜를 버리고 의욕을 끊어서 전적으로 옛 경전만을 답습하는 자 또한 실질적인 소득이 없다. 학자가 선유先儒의 학설에 진실로 의심스러운 곳이 있으면 갑자기 다른 의견을 내지 말고, 또한 지나간 일로 제쳐 버리지도 말아야 할 것이다. 모름지기 자세히 연구하여 말한 사람의 참뜻을 깨치도록 힘써서 반복하여 참고하고 조사해야 한다. 그렇게 해서 혹 얼음이 녹듯이 환하게 풀리더라도 묵묵히 스스로 한번 웃고, 혹 그 잘못된 곳을 더 발견하더라도 또한 평정된 마음으로 용서하고 순리로 해석하여, '모씨某氏는 그렇게 보았으므로 그와 같이 말하였던 것이지만, 지금 이렇게 보면 마땅히 이와 같이 말해야 한다.'라고 해야 할 것이다. 겨우 한 부분을 보고서 좋은 기회를 얻은 것처럼 좋아 날뛰고 옛것을 배척하여 함부로 하고 기탄하는 바가 없는 것을 모기령毛奇齡91)처럼 할 것인가?

33. 허태휘(許太輝) 엽(曄)에게 답하는 편지에서

"보내준 연방(蓮坊 : 李球)의 서신에 이른바 선배를 가볍게 논하는 병통이 있다는 말은 반드시 그만한 까닭이 있을 것입니다. 나 같은 사람도 혹 이러한 병통이 있는 듯하므로 이 때문에 송구하게 여겨 고칠 것을 생각하고 있습니다. 다만 주자도 이에 대한 경계가 있었으나, 그 도학이 잘못된 곳을 논변함에 있어서는 털끝만큼도 지나쳐 버리지 않고 선배라 하여 덮어준 일이 없었습니다."

선생이 목은牧隱 : 李穡 • 포은圃隱 : 鄭夢周 • 한훤당寒暄堂 : 金宏弼 • 정암靜庵 : 趙光祖 등 여러 군자에 대해 모두 논한 바가 있었는데, 그 잘못된 곳에 대해서는 간혹 숨기지 않은 것이 있었다. 이는 진실로 대공지정大公至正한 마음에서 나온 것이지 감히 사적으로 좋아한다 하여 덮어 두는 바가 없었던 것이다.

그러나 선생의 시대에는 말하는 사람도 공정한 마음으로 말하고 듣는 사람도 공정한 마음으로 들었는데, 근세에는 당黨의 습관이 고질화되어 사적으로 좋아하는 사람은 높여서 학문이 별로 없는 사람이라도 종사宗師로 받들고, 사적으로 미워하는 사람은 배척하여 큰 덕을 지닌 유학자라도 곡사曲士로 배척한다. 그래서 말하는 것도 공정하기가 쉽지 않고 듣는 것도 공정하기가 어렵다. 그러므로 입을 다물고 말하지 않은 채 세상사의 포폄褒貶에 마음이 현혹되지 않도록 하는 것만 못하니, 망령되게 스스로 높이거나 낮추어서 화를 초래해서는 안 된다. 심할 경우에는 경전의 뜻과 예서禮書의 해석에 대해서도 또한 각기 들은 바를 높이고자 하여 서로 돕지 않으니, 이는 매우 나쁜 습관이다. 공정하게 듣고 종합해 보아서 힘써 마땅한 데로 돌아가도록 해야 하지 않겠는가? 내가 우리 동방 유자들이 논한 경례經禮의 여러 학설을 가져다가 유별로 분류하여 하나의 서책을 편성하고자 하지만, 또한 말하는 사람이 있을까 두렵다.

▶ 인명 및 용어 풀이

1) **이우(李堣)** 조선 중기의 문신(1469~1517). 자는 명중(明仲), 호는 송재(松齋). 퇴계의 숙부로, 1506년 동부승지로 있을 때 중종반정이 일어나자 이에 가담하여 정국공신(靖國功臣) 4등으로 청해군(青海君)에 봉해졌다. 시문에 뛰어나 강원도관찰사로 있을 때 관동지방을 유람하면서 지은 시가 「관동행록(關東行錄)」에 전한다. 저서로 『송재집(松齋集)』이 있다.

2) **승문원(承文院)** 조선 시대에 외교문서를 맡아보던 관아. 태종 10년(1410)에 설치하여 고종 31년(1894)에 없앴다.

3) **예문관검열(藝文館檢閱)** 조선 시대에 예문관에서 사초 꾸미는 일을 맡아보던 정구품(正九品) 벼슬.

4) **조목(趙穆)** 조선 중기의 학자(1524~1606). 자는 사경(士敬), 호는 월천(月川)·동고(東皐). 1552년(명종 7) 생원시에 합격했으나 대과(大科)를 포기하고 경전 연구와 수양에만 전념했다. 일생 동안 퇴계를 가까이에서 모셨으며 벼슬에 뜻을 두지 않고 학문에만 몰두하여 대학자로 존경을 받았다. 『월천집』·『곤지잡록(困知雜錄)』 등이 있다.

5) **김성일(金誠一)** 조선 중기의 문신·학자(1538~1593). 자는 사순(士純), 호는 학봉(鶴峯). 선조 1년(1568)에 증광 문과에 급제하고, 1590년에 통신 부사로서 일본에 가서 실정을 살핀 후, 침략의 우려가 없다고 보고하였다. 임진왜란이 일어나자 경상우도 관찰사로 임명되어 의병 규합, 군량미 확보 등에 힘썼다. 저서에 『학봉집』, 『상례고증(喪禮考證)』 등이 있다.

6) **유성룡(柳成龍)** 조선 선조 때의 재상(1542~1607). 자는 이견(而見), 호는 서애(西厓). 이황의 문인으로, 대사헌·경상도 관찰사 등을 거쳐 영의정을 지냈다. 임진왜란 때 이순신과 권율 같은 명장을 천거하였으며, 도학·문장·덕행·서예로 이름을 떨쳤다. 저서에 『서애집』, 『징비록』, 『신종록(愼終錄)』 등이 있다.

7) **정구(鄭逑)** 조선 시대의 문신·학자(1543~1620). 자는 도가(道可), 호는 한강(寒岡). 시호는 문목(文穆). 백매원(百梅園)을 세워 유생들을 가르쳤으며, 임진왜란 때는 의병을 일으켜 싸웠다. 여러 학문에 정통하였고, 예학(禮學)에 뛰어났으며, 글씨도 잘 썼다. 저서에 『심경발휘(心經發揮)』, 『오선생예설(五先生禮說)』, 『성현풍범(聖賢風範)』 등이 있다.

8) **성균관 사성(成均館 司成)** 조선 시대에 성균관에서 유학을 가르치던 종삼품의 벼슬. 태종 원년(1401)에 좨주를 고친 것이다.

9) **기묘사화(己卯士禍)** 조선 중종 14년(1519)에 일어난 사화. 남곤, 심정, 홍경주 등의 훈구파가 성리학에 바탕을 둔 이상 정치를 주장하던 조광조, 김정 등의 신진파를 죽이거나 귀양 보냈다.

10) **오운(吳澐)** 조선 중기의 문신(1540~1617). 자는 태원(太源). 호는 죽유(竹牖)·죽계(竹溪). 이황의 문인으로, 임진왜란이 일어나자 의병을 일으켜 수병장으로 활약하였으며, 정유재란 때에도 공을 세웠다. 저서에 『죽유문집(竹牖文集)』이 있다.

11) **사옹원정(司饔院正)** 조선 시대 궁중의 음식에 관한 일을 맡아보던 관아. 이전의 사옹방(司饔房)을 고친 것으로, 고종 32년(1895)에 전선사로 고쳤다.

12) 권오봉, 『**퇴계시대전(退溪詩大全)**』 포항공과대학, 1992.

13) 허권수, 「**경남지역에 소재한 퇴계의 유적에 대한 고찰**」 『경남문화연구』 18, 경상대 경남문화연구소, 1996.

14) **어득강(魚得江)** 조선 중기의 문신(1470~1550). 자(字)는 자유(子游), 호는 관포(灌圃)·혼돈산인(渾沌山人). 1495년(연산군 1)에 문과에 급제하고 곡강군수 등을 거쳐서 1529년에 대사간이 되었다. 벼슬을 하지 않고 진주로 내려가 살았는데, 문장을 잘한다는 평이 있었으며, 특히 농담과 수수께끼를 잘하였다고 한다. 저서로는 『관포시집(灌圃詩集)』이 있다.

15) **길재(吉再)** 고려말 조선초의 학자(1353~1419). 자는 재보(再父), 호는 야은(冶隱)·금오산인(金烏山人). 이색(李穡)·정몽주(鄭夢周)와 함께 고려 삼은(三隱)이라 불린다. 이색·정몽주 등의 문하에서 학문을 익히고 성균관 박사가 되어 유생들을 가르쳤다. 저서에 『야은집(冶隱集)』이 있다.

16) **최치원(崔致遠)** 통일 신라 말기의 학자·문장가(857~?). 자는 고운(孤雲)·해운(海雲). 12세에 중국 당나라에 유학하여 과거에 급제하고 황소의 난이 일어나자 격문(檄文)을 써서 이름을 높였다. 저서에 『계원필경』, 『사륙집(四六集)』 등이 있다

17) **무하유지향(無何有之鄉)** 인위를 거치지 않은 자연 그대로의 세계. 곧 세상의 번거로움이 없는 허무 자연(虛無自然)의 낙토(樂土)로, 『장자』의 「소요유편(逍遙遊篇)」에 나오는 말이다.

18) **조식(曺植)** 조선 중기의 학자(1501~1572). 자는 건중(楗仲), 호는 남명(南冥). 명종과 선조 대에 중앙과 지방의 여러 관직이 제수되었으나 나아가지 않았다. 1561년 지리산의 덕산으로 옮겨 산천재를 짓고, 성리학을 연구하여 독특한 학문의 체계를 이룩하였다. 퇴계와 함께 영남학파의 양대산맥으로 일컬어지며, 저서로 『남명집』, 『학기유편』 등이 전한다.

19) **영남학파(嶺南學派)** 조선 시대에 영남 지방을 중심으로 활동하던 성리학의 학파. 초기에는 김종직을 영수로 하는 학파가 있었으며, 중기에는 이황과 조식을 각각 영수로 하는 학파가 활약하였다. 특히 이기 이원론을 주장하던 이황의 학맥이 날로 성하여지면서 영남학파의 대명사가 되었으며, 이이의 기호학파와 쌍벽을 이루었다.

20) **강희맹(姜希孟)** 조선 세조 때의 문신(1424~1483). 자는 경순(景醇). 호는 사숙재(私淑齋)·운송거사(雲松居士)·국오(菊塢)·만송강(萬松岡). 이조 판서, 좌찬성 등을 지냈으며, 경사(經史)에 밝고 문장에 뛰어나 『세조실록』, 『동국여지승람』 등의 편찬에 참여하였다. 저서에 『사숙재집』이 있다.

21) **홍문관(弘文館)** 조선 시대에 삼사(三司) 가운데 궁중의 경서, 문서 등을 관리하고 임금의 자문에 응하는 일을 맡아보던 관아.

22) **부교리(副校理)** 조선 시대 홍문관에 속한 종오품 벼슬.

23) **이언적(李彦迪)** 조선 중기의 성리학자(1491~1553). 초명은 적(迪), 자는 복고(復古), 호는 회재(晦齋)·자계옹(紫溪翁). 1514년 문과에 급제한 이래 이조정랑, 밀양부사 등 여러 관직을 거쳐 1530년에는 사간이 되었다. 1547년 양재역 벽서 사건에 연루되어 강계(江界)로 귀양 가서 죽었다. 저서로는 『대학장구보유』 등이 있다.

24) **통덕랑(通德郎)** 조선 시대에 둔 정오품 상(上) 문관의 품계. 고종 2년(1865)부터 종친의 품계로도 썼다.

25) **이현보(李賢輔)** 조선 중기의 문신·시조작가(1467~1555년). 자는 비중(棐中), 호는 농암(聾巖)·설빈옹(雪鬢翁). 연산군 때 문과에 급제하여 사간을 거쳐 정언으로 있을 때, 어지러운 정치를 논하다가 연산군의 노여움을 사 안동으로 유배되었다. 중종반정으로 다시 등용되어 호조참판에까지 이르렀다. 저서로는 『농암집(聾巖集)』이 있다.

26) **사헌부(司憲府)** 고려·조선 시대에 정사(政事)를 논의하고 풍속을 바로잡으며 관리의 비행을 조사하여 그 책임을 규탄하는 일을 맡아보던 관아. 사헌대를 고친 것으로, 충렬왕 24년(1298)과 공민왕 18년(1369)에 이 이름이 다시 사용되었다.

27) **장령(掌令)** 조선 시대에 사헌부(司憲府)에 속한 정사품 벼슬. 태종 원년(1401)에 사헌시사를 고친 것이다.

28) **『신증동국여지승람(新增東國輿地勝覽)』** 조선시대의 인문지리서. 조선은 건국 후 통치상의 필요에 따라 지리지 편찬의 중요성을 깨닫고 세종조에 『신찬팔도지리지(新撰八道地理志)』, 성종조에 『동국여지승람(東國輿地勝覽)』을 간행하였다. 이를 다시 수정하고 개수하여 1530년(중종 25) 이행과 홍언필 등에 의해 이 책이 완성되었다.

29) **관물찰리(觀物察理)** 성리학자들의 사물인식방법 중 하나로 사물을 보면서 이치를 살 핀다는 의미이다. 사물인식방법으로는 사물을 보면서 역사를 살피는 관물찰세(觀物 察世), 사물을 보면서 그 형체를 살피는 관물찰형(觀物察形) 등이 있다.

30) **김일손(金馹孫)** 조선 초기의 학자·문신(1464~1498). 자는 계운(季雲), 호는 탁영(濯 纓)·소미산인(少微山人). 1486년 진사가 되고, 같은 해 식년문과에 합격하여 권지부 정자에 올랐다. 1498년 유자광·이극돈 등 훈구파가 일으킨 무오사화 때 권오복(權 五福)·권경유(權景裕)·이목(李穆) 등 사림파의 여러 인물들과 함께 처형당했다. 저서로는 『탁영집(濯纓集)』이 전한다.

31) **유상곡수연(流觴曲水宴)** 굽이굽이 흐르는 물에 술잔을 띄워놓고 시를 읊조리는 것을 말한다. 우리나라의 경우, 곡수연은 가락국의 시조 김수로왕이 흐르는 물가에서 상 서롭지 못한 액운을 말끔히 씻어내는 푸닥거리 행사'로 처음 행한 것으로 전한다. 그 후 신라시대를 지나 고려, 조선시대까지 곡수연의 기록이 남아있다.

32) **춘추관(春秋館)** 조선 시대 시정의 기록을 맡아보던 관아. 태조 때에 예문춘추관을 두 었다가 태종 때에 예문·춘추의 두 관으로 독립하였는데, 고종 때 없앴다.

33) **사관(史官)** 역사의 편찬을 맡아 초고(草稿)를 쓰는 일을 맡아보던 벼슬. 또는 그런 벼슬아치. 예문관 검열 또는 승정원의 주서(注書)를 이른다.

34) **김종직(金宗直)** 조선 초기의 문신·학자(1431~1492). 자는 계온(季昷)·효관(孝盥), 호는 점필재(佔畢齋). 세조 5년(1459)에 문과에 급제하고, 형조 판서·지중추부사 등 을 지냈다. 문장과 경술이 뛰어나 영남학파의 조종(祖宗)이 되었다. 그의 「조의제문」 은 뒷날 무오사화의 원인이 되었다. 저서에 『점필재집』, 『청구풍아』 등이 있다.

35) **무오사화(戊午士禍)** 조선 연산군 4년(1498)에 유자광 중심의 훈구파가 김종직 중심의 사림파에 대해서 일으킨 사화. 4대 사화 가운데 첫 번째 사화로『성종실록』에 실린 사초 「조의제문」을 트집 잡아 이미 죽은 김종직의 관을 파헤쳐 그 목을 베고, 김일 손을 비롯한 많은 선비들을 죽이고 귀양 보냈다.

36) **곽재우(郭再祐)** 임진왜란 때의 의병장(1552~1617). 자는 계수(季綏), 호는 망우당(忘 憂堂). 홍의장군(紅衣將軍)으로 널리 알려져 있다. 아버지는 황해도관찰사 월(越)이 며, 조식(曺植)의 외손서이자 문인이다. 대제학을 지낸 김우옹(金宇顒)과는 동문이면 서 동서지간이다. 저서로『망우집(忘憂集)』이 있다.

37) **이덕무(李德懋)** 조선 후기의 실학자(1741~1793). 자는 무관(懋官), 호는 아정(雅亭)· 청장관(靑莊館). 여러 방면에서 박식하였으나 서출인 관계로 크게 등용되지 못했다. 일찍이 유득공·박제가·이서구와 함께 사가시집(四家詩集)『건연집(巾衍集)』을 내

어 문명을 떨쳤다. 규장각의 도서 편찬에 적극 참여하여 『규장전운(奎章全韻)』 등 많은 서적을 정리·교감하였다.

38) 정비석, 『**퇴계소전(退溪小傳)**』 퇴계학연구원, 1978.

39) **성균관(成均館)** 조선 시대에 유학의 교육을 맡아보던 관아. 공자를 제사하는 문묘와 유학을 강론하는 명륜당 등으로 이루어지며, 태조 7년(1398)에 설치하여 고종 24년(1887)에 경학원으로 고쳤다가 융희 4년(1910)에 없앴다.

40) **전적(典籍)** 조선 시대에 성균관에 속하여 성균관의 학생을 지도하는 일을 맡아보던 정육품 벼슬.

41) **경재소(京在所)** 조선 초기에, 정부와 지방의 유향소(留鄕所) 사이의 연락 기능을 담당하기 위하여 서울에 둔 기구. 유향소를 통하여 지방 자치를 허용하면서도, 유향소를 중앙에서 직접 통제할 수 있게 함으로써 중앙 집권을 효율적으로 강화한 정책이었다.

42) **소식(蘇軾)** 중국 북송 시대의 시인이자 문장가·학자·정치가(1036~1101). 자는 자첨(子瞻), 호는 동파거사(東坡居士). 당송 8대가의 하나인 구양수 문하에서 배웠으며, 아버지 소순(蘇洵), 아우 소철(蘇轍)과 함께 삼소(三蘇)라고 불렸다. 왕안석 등이 주창한 신법에 반대하는 입장을 취해 정치적 부침을 겪었다. 시문집으로 『동파집(東坡集)』이 있다.

43) **황정견(黃庭堅)** 중국의 화가·서예가(1045~1105). 자는 노직(魯直), 호는 산곡도인(山谷道人)·부옹(涪翁). 소동파의 문하에서 배웠다. 소동파·미불(米芾)·채양(蔡襄)과 함께 송 4대가로 불리며, 창작 기법면에서 신비적인 면을 보인다. 당(唐)의 승려 회소(懷素)의 맥을 잇는 자유분방한 초서체(草書體)로 유명하다.

44) **두보(杜甫)** 중국 성당(盛唐) 시기의 시인(712~770). 자는 자미(子美), 호는 소릉야로(少陵野老). 중국 시에 지대한 영향을 미쳐 시성(詩聖)이라 불리며, 그의 작품은 현실주의에 입각한 것이 많은데 시사(詩史)라 하기도 한다. 이백과 함께 이두(李杜)라고도 일컬어진다. 저서로 『두공부집(杜工部集)』 등이 있다.

45) **이식(李植)** 조선 중기 인조 때의 문신(1584~1647). 본관은 덕수(德水), 자는 여고(汝固), 호는 택당(澤堂)이며, 대제학과 예조판서 등을 역임하였다. 신흠, 이정구, 장유 등과 더불어 한문 4대가의 한 사람으로 꼽힌다. 『선조실록』의 수정을 맡았으며, 저서에는 『택당집』 등이 있다.

46) **하륜(河崙)** 고려말·조선초의 문신(1347)~1416). 자는 대림(大臨), 호는 호정(浩亭). 제1, 2차 왕자의 난 때 방원(芳遠)을 도운 공으로 좌명공신(佐命功臣)이 되었다. 이

첨(李詹)과 함께 『동국사략(東國史略)』을 편수하였다. 1409년 의정부영사가 되어 군정(軍政)을 개정한 데 이어 춘추관영사로 『태조실록(太祖實錄)』 편찬을 지휘하였다. 문집에 『호정집』이 있다.

47) **허침(許琛)** 조선 전기의 문신(1444~1505). 본관 양천(陽川), 자는 헌지(獻之), 호는 이헌(頤軒), 시호는 문정(文貞)이다. 『삼강행실도』를 산정(刪定)하였으며 우의정에 이어 좌의정까지 올랐다. 성종이 윤비(尹妃)를 폐하려 할 때 이를 반대했으며, 말년에는 연산군의 폭정을 바로잡으려고 노력하였다.

48) **유호인(兪好仁)** 조선 전기의 문신·시인(1445~1494). 자는 극기(克己), 호는 임계(林溪)·뇌계(㵢溪). 김종직의 문인이다. 1487년 노사신(盧思愼) 등이 찬진한 「동국여지승람」 50권을 다시 정리해 53권으로 만드는 데 참여했다. 시·문장·글씨에 뛰어나 당대의 3절(三節)로 불렸다. 저서로 『임계유고』·『유호인시고(兪好仁詩藁』 등이 있다.

49) **최익현(崔益鉉)** 한말의 유학자·애국지사(1833~1906). 아명은 기남(奇男), 자는 찬겸(贊謙), 호는 면암(勉菴). 일본과의 통상 조약과 단발령에 격렬하게 반대하다가, 1905년 을사늑약이 체결되자 항일 의병 운동을 촉구하며 의병을 일으켰으나 전라북도 순창에서 패하여 쓰시마 섬에 유배되었다가 거기서 순국(殉國)하였다. 저서로 『면암집(勉庵集)』이 있다.

50) **초유사(招諭使)** 난리가 일어났을 때, 백성을 타일러 경계하는 일을 맡아 하던 임시벼슬.

51) **효빈(效顰)** 서시빈목(西施顰目)의 고사에 연유하여, 옳고 그름과 착하고 악함을 생각하지 않고 함부로 남의 흉내를 내는 것을 비유하여 일컫는 말이다.

52) **빈목(顰目)** 서시빈목(西施顰目)의 줄임말. 중국 월(越)나라의 미인 서시(西施)가 가슴앓이로 눈살을 찌푸렸던 바, 어떤 추녀가 그 모습을 보고 눈살을 찌푸리면 아름다운 줄 알고 자기도 눈살 찌푸리기를 일삼아 마을 사람들의 빈축을 샀다는 고사에서 비롯되었다. 서시(西施效顰)이나 서시봉심(西施捧心)과도 같은 말이다.

53) **임제(林悌)** 조선 중기 시인·문신(1549~1587). 자 자순(子順), 호 백호(白湖)·겸재(謙齋). 예조정랑(禮曹正郎)과 지제교(知製教)를 지내다가 동서(東西)의 당파싸움을 개탄, 명산을 찾아다니며 여생을 보냈다. 당대 명문장가로 명성을 떨쳤으며 시풍(詩風)이 호방하고 명쾌했다. 저서에 『화사(花史)』, 『수성지(愁城誌)』, 『임백호집(林白湖集)』 등이 있다.

54) **이제현(李齊賢)** 고려시대의 문신·학자(1287~1367). 초명 지공(之公), 자는 중사(仲思). 호는 익재(益齋)·역옹(櫟翁). 원나라와의 관계에서 부당한 처사를 해결하였고, 당대의 명문장가로 정주학의 기초를 확립했다. 조맹부의 서체를 도입, 유행시켰다.

저서에 『효행록(孝行錄)』, 『익재집(益齋集)』, 『역옹패설(櫟翁稗說)』 등이 있다.

55) **이정(李楨)** 조선 중기 명종 때의 문신(1512~1571). 자는 강이(剛而), 호는 구암(龜巖). 1536년 진사로 별시문과에 장원급제한 뒤 청주목사 등을 역임하고, 선행을 베풀어 통정대부로 가자(加資)되었다. 1568년 고향에 내려가 구암정사(龜巖精舍)를 지어 후진 양성에 힘썼다. 퇴계 및 남명과 교유하였으며 성리학에 밝았다. 문집에는 『구암집(龜巖集)』 등이 있다.

56) **갑자사화(甲子士禍)** 조선 연산군 10년(1504)에 폐비 윤씨와 관련하여 많은 선비들이 죽임을 당한 사건. 연산군의 생모 윤씨가 폐위되어 사약을 받고 죽은 일에 관계한 신하들과 윤씨의 복위를 반대한 사람들이 임금의 노여움을 사게 되어 화를 입었다.

57) **중종반정(中宗反正)** 조선 중종 1년(1506)에 성희안, 박원종 등이 연산군을 몰아내고 성종의 둘째 아들인 진성대군(晉城大君), 곧 중종을 왕으로 추대한 사건.

58) **신사무옥(辛巳誣獄)** 조선 중종 16년(1521) 신사년에 일어난 안처겸(安處謙) 일당의 옥사. 송사련(宋祀連), 정상(鄭鏛) 등이 안당(安瑭)의 아들 안처겸의 모상(母喪) 때의 조문록을 가지고 무고하여 안당의 일문(一門)이 화를 당하였다.

59) **승문원(承文院)** 조선 시대에 외교에 대한 문서를 맡아보던 관아. 태종 10년(1410)에 설치하여 고종 31년(1894)에 없앴다

60) **정여창(鄭汝昌)** 조선 전기 문신·학자(1450~1504), 자는 백욱(伯勗), 호는 일두(一蠹). 1483년 진사시에 합격하여 성균관 유생이 되고, 소격서참봉·안음현감(安陰縣監) 등을 지냈다. 1498년 무오사화로 종성(鍾城)에 유배되었다가, 1504년 죽은 뒤 갑자사화에 연루되어 부관참시(剖棺斬屍)되었다. 유집(遺集)으로 정구(鄭逑)가 편찬한 『문헌공실기(文獻公實記)』에 바탕한 『일두유집(一蠹遺集)』이 전한다.

61) **용사(用事)** 한시를 지을 때, 옛날의 뛰어난 글들에서 표현을 이끌어 쓰는 일. 우리나라의 경우 고려 말에 이규보, 이제현, 최자와 같은 사람들에 의하여 이에 대한 활발한 논의가 있었다.

62) **문묘(文廟)** 중국 당(唐)나라 때 공자가 문선왕(文宣王)으로 추봉(追封)됨에 따라 문선왕묘라고 부르다 원대(元代) 이후로 문묘라고 하였다. 조선에서는 성균관에서 문묘를 관장하였는데, 조선 후기에 이르러 공자를 정위(正位)에 두고, 좌우에 4성·10철 및 중국 송대의 6현을 배향하고 동무(東廡)와 서무에 각각 중국의 명현 47위와 한국의 명현 9위를 종사하였다.

63) **식년시(式年試)** 대비과(大比科)라고도 하는데, 자(子)·묘(卯)·오(午)·유(酉)가 드는 해를 식년으로 하여 3년에 한 번씩 정기적으로 치루었던 과거시험이다. 식년시는 소과·문

과·무과로 나누며, 부정기적으로 보는 시험으로는 증광시·별시·알성시가 있다.

64) **삼종지도(三從之道)** 여자가 따라야 할 세 가지 도리를 이르던 말. 어려서는 아버지를, 결혼해서는 남편을, 남편이 죽은 후에는 자식을 따라야 하였다. 『예기』의 의례(儀禮)「상복전(喪服傳)」에 나오는 말이다.

65) **문익점(文益漸)** 고려시대의 학자·문신(1329~1398). 초명은 익첨(益瞻), 자는 일신(日新), 호는 삼우당(三憂堂). 1363년 좌정언으로 서장관이 되어 이공수(李公遂)를 따라 원(元)나라에 갔다가 돌아오면서 붓대 속에 목화씨를 감추어 가져왔고, 이를 장인 정천익과 함께 고향에서 재배하는 데 성공하였다. 1440년 영의정에 추증되고 강성군(江城君)으로 추봉되었으며 세조 때에 사당이 세워졌다.

66) **서장관(書狀官)** 조선시대에 중국에 보냈던 사행(使行)가운데 하나. 연행사(燕行使)의 일행인 3사(三使 : 正使·副使·記錄官) 가운데 기록관을 말하며 외교문서에 관한 일을 분담했다. 사행 도중 매일 매일의 사건을 기록하고, 돌아온 뒤 왕에게 견문한 것을 보고할 의무를 가지고 있었다. 또 일행을 감찰하고, 국경을 건널 때는 일행의 인마(人馬), 복태(卜太 : 말에 실은 짐바리)를 점검하는 일도 했다.

67) **유몽인(柳夢寅)** 조선 중기의 문신(1559~1623). 자는 응문(應文), 호는 어우당(於于堂)·간재(艮齋)·묵호자(默好子). 황해도관찰사·이조참판 등을 역임하였으나, 1623년 인조반정 이후 역모로 몰려 아들 약(瀹)과 함께 사형되었다. 정조 때 신원되어 이조판서에 추증되었다. 저서로는 『어우야담』, 『어우집』 등이 있다.

68) **『어우야담(於于野譚)』** 조선 광해군 때 어우당(於于堂) 유몽인(柳夢寅:1559~1623)이 지은 야담집(野談集)이다. 야사(野史)·항담(巷談)·가설(街說) 등이 수록되었는데, 흔히 민간에 유포된 음담패설이 아닌 풍자적인 설화와 기지 있는 야담들로서 조선 중기 설화문학의 좋은 자료이다. 왕실 귀인에서 상인·천민·기녀에 이르기까지 다양한 인간의 삶과 시문에 얽힌 사연 꿈·귀신, 풍속·성에 관한 이야기를 생동감 있게 기록한 설화문학이다.

69) **금정(金井)** 금정찰방(金井察訪)을 말함. 다산 정약용은 1795년(정조 19)에 중국의 천주교 신부 주문모(周文謨) 사건에 연루되어 우부승지(右副承旨)에서 금정찰방으로 좌천되었는데, 『도산사숙록』은 이 때 지은 것이다.

70) **주일무적(主一無適)** 마음을 한 곳에 집중시켜 다른 곳으로 가지 않게 하는 유가적 수양방법의 한 가지이다. 이밖에도 몸을 가지런하게 하는 정제엄숙(整齊嚴肅), 항상 깨어 있는 상태인 상성성법(常惺惺法), 마음을 안으로 거두어들이는 기심수렴(其心收斂) 등이 있다.

71) **추환(芻豢)의 설** 『맹자』「고자(告子)」장에, "이(理)와 의(義)가 내 마음을 즐겁게 하
는 것이 소·양고기와 개·돼지고기가 내 입을 즐겁게 하는 것과 같다."라고 하였다.
추(芻)는 풀을 먹는 소와 양, 환(豢)은 곡식을 먹는 개나 돼지이다. 이것은 학문이나
이(理)와 의(義)의 진정한 맛이 고기가 내 입을 즐겁게 하는 것과 같다는 말이다.

72) **잠심완미(潛心玩味)** 마음을 가라앉혀 경전의 뜻을 음미하는 것을 말한다.

73) **오제(五齊)** 제사에 쓰는 다섯 가지의 진귀한 술. 범제(泛齊), 예제(醴齊), 앙제(盎齊),
제제(緹齊), 침제(沈齊)를 가리킨다.

74) **팔진미(八珍味)** 아주 맛있는 음식을 비유적으로 이르는 말. 순모(淳母), 순오(淳熬),
포장(炮牂), 포돈(炮豚), 도진(擣珍), 오(熬), 지(漬), 간료(肝膋)를 일컫기도 하고, 용간
(龍肝), 봉수(鳳髓), 토태(兔胎), 이미(鯉尾), 악적(鶚炙), 웅장(熊掌), 성순(猩脣), 수락
(酥酪)을 일컫기도 한다.

75) **기(記)와 시(詩)** 퇴계가 쓴 「도산기(陶山記)」와 「도산잡영(陶山雜詠)」을 말한다.

76) **「재명(齋銘)」** 『퇴계집』 권44에 실려 있는 잠명 가운데 하나로 「정존재명(靜存齋銘)」
을 가리킨다.

77) **정존(靜存)과 동찰(動察)** 수양의 방법의 하나로 고요할(靜) 때는 마음을 보존하고
(存), 움직일(動) 때는 살피는 것(察)을 말한다.

78) **『회암서절요(晦庵書節要)』** 『주자서절요(朱子書節要)』를 말하는 것으로 퇴계(退溪)가
주자(朱子)의 편지 가운데 중요한 것을 뽑아 엮은 책인데 도합 20권 10책으로 되어
있다. 1561년(명종 16)에 성주목(星州牧)에서 『회암서절요(晦庵書節要)』라는 이름으
로 처음 출판하였고, 1572년(선조 6)에 다시 출판하면서 『주자서절요(朱子書節要)』
로 이름을 바꾸었다.

79) **청선(聽蟬)과 정초(庭草)의 비유** 청선(聽蟬)은 매미소리를 듣는 것이고, 정초(庭草)는
뜰의 풀이다. 퇴계는 매미소리를 들으며 주자와 마찬가지로 격조 높은 풍치를 느끼
고자 했고, 뜰의 풀을 보면서 주렴계(周濂溪)가 그러하였듯이 천지의 생의(生意)를
관찰하고자 했다.

80) **검려(黔驢)의 기술** 유종원(柳宗元)의 「삼계(三戒)」에 나오는 것으로, 보잘 것 없는 기
술을 비유한 것이다. 원래 검(黔) 땅에 나귀가 없었는데 어떤 사람이 들여와 산 아래
에 두었다. 범이 처음에는 대단히 무서워하였으나, 알고 보니 나귀는 발길로 차는
것밖에 몰랐다. 이것을 안 범은 마침내 그 나귀를 물어 죽이고 말았다.

81) **시벽(詩癖)** 시를 짓지 않고는 못 배기는 병.

82) **노경린(盧慶麟)** 조선시대의 문신(1516-1568). 본관은 곡산(谷山), 자는 인보(仁甫), 호는 사인당(四印堂). 성주목사(星州牧使)로 있을 때 서원을 세워 유학을 크게 장려하였으며, 1557년(명종 12)에는 율곡 이이를 사위로 맞았다. 그 뒤 숙천부사(肅川府使)로 부임하였으며 선정을 베풀어 1564년에 가자(加資)되었다.

83) **존덕성(存德性)** 도문학(道問學)과 함께 유교에서 제시하는 도덕을 수양 하는 방법. 존덕성은 인간에게 부여된 선한 덕성을 수양을 통해 높이고 보존하는 방법이며, 도문학은 학문을 통해 덕성을 배양하는 방법이다.

84) **장저長沮)와 걸익(桀溺)** 『논어(論語)』「미자(微子)」편에 나오는 사람들로 세상을 피해 은둔한 도가적 인물들이다. 이들은 '사람을 피해 살기'보다 '세상을 피해 살기'를 권하며 난세에서의 은둔형 삶을 지향하고 있다.

85) **육상산(陸象山)** 중국 남송(南宋)의 유학자(1139~1192). 호는 존재(存齋)·상산(象山), 시호는 문안(文安), 이름은 구연(九淵), 절강성(浙江省) 출생. 주자와 대립하여 중국 전체를 양분하는 학문적 세력을 형성하였다. 주자가 객관적 유심론을 주장한데 비해 상산은 주관적 유심론을 주장하였다. 육상산의 학문은 양자호 등에 의해 계승되었다.

86) **참동계(參同契)** 『주역참동계』라고도 하며 중국의 후한 말부터 삼국 시대 초기의 사람으로 짐작되는 위백양(魏伯陽)의 저술이다. 우주 원칙에 순응하여 단(丹)을 연마하고 연명장수(延命長壽)의 목적 달성을 역(易)의 원리로써 풀이한 책이다. 주자가 이를 주석하여 『주역참동계고이(周易參同契考異)』를 낸 바 있다.

87) **중문(仲文)** 김중문(金仲文)으로 당시 서원의 유사(有司)였다.

88) **곽임종(郭林宗)** 후한말 사람인 곽태(郭太)를 지칭한 것으로 임종은 그의 자이다. 그는 평소 격론을 벌이지 않았으므로 당고(黨錮)의 화를 면했다.

89) **웅어(熊魚)에 대한 비유** 『맹자』「고자(告子)」 상에, "생선도 내가 먹고 싶어하는 것이며, 곰발바닥도 내가 먹고 싶어하는 것이지만 이 두 가지를 함께 얻을 수 없다면 곰발바닥을 취하겠다. 삶도 내가 원하는 것이며 의리도 내가 원하는 것이지만, 이 두 가지를 함께 얻을 수 없다면 삶을 버리고 의리를 취하겠다."라고 하였다.

90) **알묘조장(揠苗助長)** 『맹자』「공손추(公孫丑)」 상에 나오는 것으로, 곡식을 빨리 자라게 하기 위하여 싹을 뽑아 올리면 그 싹이 말라 죽듯이, 수양 공부도 조급하게 서두르면 도리어 해가 된다는 것을 비유적으로 설명한 것이다.

91) **모기령(毛奇齡)** 청나라 초기의 고증학자. 독서를 많이 하며 경설(經說)을 좋아하여 경전의 뜻을 계발한 공적이 많았으나 남을 이기기를 좋아하여 다른 사람들의 말에 대하여 반드시 반론을 제기하였다고 한다.